中公文庫

もぐら

矢月秀作

中央公論新社

目次

もぐら

プロローグ

「ここに間違いないな」

「はい。このビルの五階です」

市田《いちだ》は言った。

この辺は、白根《しらね》組のシマだな……。

影野竜司《かげのりゅうじ》は朽ち果てそうな五階建てのビルを見上げた。

池袋《いけぶくろ》の南側。駅から少し離れたところにある寂れた路地の一角に、そのビルはあった。周りには小さな飲み屋が点在していたが、人影はない。電柱の陰では、野良猫がポリバケツをひっくり返し、残飯をあさっている。

八月も半ばを過ぎたが、夜気はむせ返るような熱を帯びていた。熱波《ねっぱ》に蒸し上げられた路地には、鼻が曲がりそうなほどの強烈な異臭が漂っている。

「ここで待ってろ」

竜司は、狭い階段をゆっくりと上がり始めた。

各階にドアは一つしかない。塗装が剝《は》がれ、錆《さ》びついたドアには、申し訳程度に店名が記されている。どの階の店も似たような佇《たたず》まいだ。

典型的なぼったくりビルか——。

最上階に上がり、ドアノブを握った。自分の家にでも入るようにドアを開け、中に踏み込む。クーラーで冷やされた空気が、汗ばんだ竜司の肌をさらった。

店内は薄暗く、カウンターしかなかった。ボックス席を置けるスペースもあるが、ぽっこりと空いた空間には何も手を加えていない。サイドボードに並んでいるウイスキーは、二、三本。カウンターにあるのは飾りの空き瓶だけ。店と呼ぶには、あまりにお粗末な装飾だった。

入口近くにいた金髪男が、フラッと立ちあがり、竜司の行く手を塞《ふさ》いだ。

「なんだよ、てめえ」

竜司を見据え、凄《すご》む。

「責任者はどいつだ？」

竜司はぐるりと店内を見回した。

金髪男を含めて三人の男と一人の若い女の子がいた。

「俺だが、何か用か？」

一番奥に座っていた男が顔を上げた。

髪をオールバックにしつらえ、グレーのラメ入りスーツを着ていた。老けて見えるが、三十半ばを過ぎた竜司よりは若そうだ。

「金を返してもらいたい」

「なんだと？」

オールバックの男が気色《けしき》ばむ。金髪男と長髪の男も色めき立った。狭い空間はたちまち殺気に包まれた。

「一週間前、ここへ連れ込んだ中年サラリーマンからせしめた十二万だ。返せば、おとなしく帰ってやる」

「帰ってやるだと？」

オールバックの男が、鼻で笑った。

「帰らせてくださいの間違いじゃねえのか？　なあ」

男たちを見やる。

カウンターの真ん中に座っていた長髪の男が、椅子から降りた。

「何様のつもりだ、てめえは！」

いきり立って大声を出す。

竜司は眉一つ動かさない。

「オレが何様でもかまわんだろう。金を返せと言っているだけだ」

「てめえ、この状況をわかってんのか？」

金髪男がにじり寄ってきた。眉間《みけん》に皺《しわ》を立て、竜司を睨《にら》みつける。

竜司はため息を吐き、小さく首を横に振った。

「やっぱり、おまえらみたいなダニには、口で言ってもわからないようだな」

「わからなかったら、どうすんだ、こら」

金髪男が竜司の胸ぐらをつかんだ。

瞬間、竜司は金髪男の胸ぐらをつかみ返し、頭突きをかました。

金髪男の鼻柱が歪《ゆが》んだ。立て続けに、二発、三発と頭突きをかます。竜司の頭骨が、金髪男の頬骨《ほおぼね》や歯を砕く。

不意を突かれた金髪男は、避けることもままならず、顔面への頭突きを受け続けた。

「がっ……あ、ぐ……」

金髪男の膝が落ちた。

竜司は頭突きをやめた。胸ぐらを押し離す。顔面を血に染めた金髪男は、カウンターにもたれ、ズルズルと頽《くずお》れた。

「てめえ……素人《しろうと》じゃねえな」

オールバックの男の顔から、笑みが消えた。

「殺《や》っちまえ」

長髪男がナイフを出した。

ストッパーを外し、手首を振る。ソケットから鋭い刃が飛び出た。スポットを浴びた切っ先が鈍い光を放つ。

「今のうちにしまえ。でないと、こっちも本気で行かなきゃならなくなる」

「来てみろよ、おら！」

長髪男は、ナイフを突き出した。

竜司は、男に向かって踏み込んだ。身をよじり、切っ先をかわす。同時にすばやく左手で男の右腕を挟み、肘《ひじ》を巻き込んだ。

自分の左肘を男の肘頭《ちゅうとう》に当て、腰を落とす。男の右肘に全体重がかかった。

男の右腕があらぬ方向に折れ曲がった。乾いた音が響く。

「あぎゃあああっ！」

長髪男は、フロアに倒れ、右肘を押さえてもんどり打った。

竜司は、転がる男を見下ろした。男の右肘を踏みつける。

長髪男は、叫喚《きょうかん》した。

それでも、竜司に容赦はない。右肘が完全に砕けるまで、靴底で踏み続ける。

絶叫していた長髪男は、激痛に耐えかね、額から脂汗を噴き出し、気絶した。

カウンターの端にいた女の子を見据える。女の子は青ざめ、身を竦《すく》めた。フロアの奥にいるオールバックの男の下へ駆け寄り、後ろに身を隠す。

竜司の冷酷なやり方を目の当たりにし、オールバックの男は口元をひくつかせた。

「金を返す気になったか？」

「てめえ……。こんなことして、ただで済むと思ってんのか。俺は――」

「白根組のチンピラだろ？」

「どうして、それを！」

「言っとくがな。俺は、ヤクザなど怖くはない。来るなら来い。組ごと潰《つぶ》してやる」

「……ナメやがって！」

男は懐《ふところ》に手を入れた。

めくれたスーツの陰に、拳銃のグリップが覗《のぞ》いた。

竜司は、瞬時に男との間合いを詰めた。

男が銃を抜く。自動拳銃のスライドを滑らせた。引き金に指がかかる。

竜司は、右手でスライドを握り締めた。

男の指が止まった。力を込めるが、引き金は動かない。スライドは後ろに飛び出たままの状態で固まっていた。

竜司は片頬に笑みを浮かべた。

「自動拳銃は、スライドを戻さなければ、発砲できない。残念だったな」

空いた左拳《こぶし》を振り上げた。

男の顔面にストレートを見舞う。

拳が男の鼻下を捉えた。前歯が砕け、口元がへこむ。たちまち、唇の合わせ目から血が溢《あふ》れた。

竜司は拳銃を奪い取り、スライドを戻した。重い音が響き、弾丸が装塡《そうてん》される。

銃身を男の口の中に突っ込む。

男の両眼が強《こわ》ばった。

「さてと。金を返すか、頭を飛ばすか。どっちが望みだ？」

引き金を絞る。

男は目尻を引きつらせ、ポケットから長財布を出した。カウンターに置く。竜司は左手で札入れを開けた。中には三十枚の一万円札が詰まっている。

竜司は、すべての札を抜き出した。

すると、小さなビニールの包みがこぼれ出た。金をポケットに突っ込み、包みを摘《つま》み上げる。中には、白い塊《かたまり》が入っていた。

パケか……。

「おい、おまえ！」

壁の端でうずくまっている女の子に声をかけた。女の子は竦み上がり、壁に張りついた。

「肘の裏を見せてみろ」

命ずる。

女の子は震えながら両腕を持ち上げた。腕を返す。肘裏には、青紫色のアザが点々と付いていた。

「バカやろう。覚醒剤なんかに手を出しやがって……。誰に打たれた？」

竜司が問う。

女の子はうつむいた。

「誰が打ったんだ！」

強い口調で言う。

ビクッと肩を震わせた女の子は、オールバックの男を指差した。

竜司は、男の口深くに銃身を押しこんだ。

「この子をシャブ漬《づ》けにしたのは貴様か？」

銃口で喉仏を突く。

男は呻《うめ》きを洩《も》らし、涎《よだれ》を垂れ流した。

「白根に言っとけ。今度、俺の目が届くところでシャブを売ってやがったら、容赦《ようしゃ》なく潰すとな」

竜司は銃を口から抜いた。そして、カウンターの奥に向け、銃を放った。

オールバックの男は、頭を抱えて悲鳴を上げた。

反響する銃声とガラスの砕け散る音で耳管《じかん》が麻痺《まひ》した。店内に硝煙《しょうえん》がたちこめる。

銃弾を撃ち尽くした竜司は、マガジンを足下に落とし、銃をカウンターの奥へ投げ捨てた。

オールバックの男は腰を抜かし、床にへたり込んだ。

竜司は、女の子の腕をつかんで立たせた。

「な、何するの……」

「一緒に来い」

「いやっ！　放して！」

女の子が暴れる。

竜司は女の子の鳩尾《みぞおち》に拳を叩《たた》きこんだ。

女の子が息を詰めた。ふっと気を失う。竜司は、崩れそうになる女の子の腹を右肩に乗せ、抱え上げた。

去り際、床に座りこんでいる男の顔面に右踵《かかと》を叩きこむ。男の下前歯が砕けた。口から溢れる血が止まらなくなる。

オールバックの男は、口元を押さえながら訊《き》いた。

「て……てめえ、誰だ……？」

「誰でもいいだろう、と言いたいところだが、後学《こうがく》のために教えといてやる。俺は、一部の連中の間では〝もぐら〟と呼ばれてる」

「もぐら……！」

男は目を見開き、絶句した。

「二度とこんな商売するんじゃねえぞ」

竜司は静かに恫喝《どうかつ》すると、女の子を抱え、店を出た。

第一章　野獣の履歴

1

竜司は、警視庁本庁の刑事局長室へ来ていた。好んで来訪したわけではなく、呼び出されたわけだが。

執務机の前に置かれた応接ソファーに腰かけていた。テーブルを挟んで、差し向かいには刑事局長の瀬田登志男《せだとしお》がいた。

「昨日、君が連れてきた女の子は、薬物中毒を専門に扱う更生施設に入院させた。何年も使っていたわけじゃないから、三ヶ月もすれば、元の体に戻るだろう」

「身元は？」

「浅井和実《あさいかずみ》、十七歳。昭立大学附属清流高校の二年生だ」

「清流高校というと、九段にある名門進学校の？」

「そうだ。父親は、大手商社の重役。彼女自身に非行歴はなく、学校でも家でもごく普通の女子高生だったそうだ。まったく……わけのわからない世の中になったもんだ」

瀬田はソファーに深く背もたれ、大きなため息を吐いた。

「白根組のほうは？」

「君の情報は、昨晩のうちに所轄《しょかつ》署の担当官へ報《しら》せておいた。近日中に組事務所の家宅捜索に着手するだろう。所轄も、管轄区内で出回る薬物の取り締まりには苦慮しているからな」

「それは結構。ぜひ、根絶やしにしてもらいたいものです」

竜司の言葉に、瀬田が苦笑する。

「しかし、君も派手にやってくれたものだな。負傷者三名、うち二名は重傷。店内から発見された弾丸は十四発。外部協力者としての貢献には感謝するが、もう少し、おとなしくやれんものかね？」

「性分なもんで」

「相変わらずだな。今回は所轄署を抑えるのに苦労したぞ」

瀬田は、小さく笑った。

瀬田登志男刑事局長は、元組織犯罪対策部の本部長で、竜司の元上司でもある。今でこそ、デスクに張りついて指揮しているが、十年前は組対の鬼と恐れられた人物だった。

そんな瀬田を、一線から外してしまったのは、他でもない。竜司だった。

「なあ、影野。そろそろ戻ってこないか？」

「…………」

「あれから、もう十年になる。君は十分すぎるほど罪を償った。君が戻ってくるなら、いつでも迎えるつもりだが」

「せっかくですが……」

「今の世の中、犯罪はより巧妙かつ凶悪化している。今こそ、君のような人間の力が必要だ」

「瀬田さん。俺はもう死んだ人間です。買いかぶらないでください」

竜司は席を立った。

「君はそれでいいのか」

瀬田が竜司の背中に声をかける。

竜司は、少しだけ振り向いて、口辺に笑みを浮かべた。

「今の生活に満足してますから」

そっけなく言い、局長室のドアノブに手を伸ばす。

竜司がノブをつかむより先に、ドアが開いた。

目の前に立っていたのは、組対部の垣崎徹《かきざきとおる》だった。スリーピースを着こなす精悍《せいかん》な顔立ちの青年だ。垣崎は、竜司の行く手をふさいでいた。

竜司は、垣崎を退《ど》かそうと肩に手をかけた。垣崎はその手首を握った。睨《にら》み据える。垣崎は竜司の腕を押し離そうとした。が、竜司はビクともしない。

垣崎はムキになって、竜司の手首を握り絞った。

竜司はふっと微笑《ほほえ》み、垣崎の肩を軽く握った。

「血の気の多いヤツだな。気合は買うが、もう少し肩の力を抜いた方がいい。気合が気負いに変われば、現場では命取りになる」

そう言い、垣崎の肩を軽く押した。

垣崎が肩で押し返してくる。その反動を利用し、竜司は体を入れ替えた。同時に垣崎の親指と人差し指の付け根に圧をかけ、するりと手首を抜き取る。

まるでマジックだった。

垣崎は呆気《あっけ》に取られ、自分の手のひらを見つめた。

竜司は、垣崎の肩をポンと叩き、部屋の外へ出た。

垣崎は、竜司を見送りつつ、瀬田に近づいた。

「局長。麻薬の密売をしていたイラン人グループのトップの内偵が完了しました」

「ご苦労。令状が下り次第、着手してくれ。時期は君の判断に任せる」

「わかりました。ところで、局長。今の男は誰ですか？」

「ああ。影野竜司だ」

「影野？　ひょっとして十年前、一人で密売組織を壊滅させたという元組対の？」

「そうだ」

「あれが、影野竜司さんか」

「君は、誰かもわからず、ドア口で力比べをしていたのかね？」

「そんなつもりはなかったのですが、影野さんの全身から漂う迫力に充《あ》てられて、つい……」

「ヤツの殺気を感じられるようなら、たいしたものだ。その感覚は大事にしろ」

「はい」

垣崎は、ドア口に残った竜司の残像をなんとなく見つめた。

2

新宿区百人町《ひゃくにんちょう》。大久保《おおくぼ》駅周辺に広がるこの街には、狭い路地に古い家並みと飲食店とラブホテルが同居している。

路上や住居には、多種多様の外国人がひしめき、ちょっとした人種の坩堝《るつぼ》を形成していた。

近頃は、韓流《はんりゅう》ストリートなどと呼ばれるようにもなったが、一歩路地を入ると、昔ながらの坩堝がそこかしこに潜んでいた。

大久保駅から大久保通りを新大久保駅に東進し、百メートルほど進んだところで左に折れ路地を進むと、廃屋のような小さな工場跡がある。

そこが、竜司の住居兼事務所だった。

隣には、今にも崩れそうな狭苦しい木造アパートがある。そこにも、いろんな人間が住んでいる。

何をしているのかわからない学生風の青年。場末で体を売るホステス。料理店で働く不法入国の出稼ぎ労働者など——。

世の中から弾《はじ》き出された泥臭い人間が密集している場所だ。

普通の人間なら寄りつかないだろうが、同じく、世間様から外れてしまった竜司には居心地の良い場所だった。

「竜司さん、今、帰り?」

ミチが、隣のアパートの玄関から出てきた。

売り専の店でホステスをしている女性だ。本名は知らない。はっきりとした歳もわからないが、見た目は四十半ばをとうに過ぎている。安っぽいワンピースを着て、顔を真白に塗りたくっている。

ミチは、でっぷりとした下腹をかきながら、竜司に近づいてきた。

「あんたこそ、今日は早いじゃないか」

竜司は腕時計を覗いた。

時刻はまだ午後一時。彼女が出かけるのは、決まって夕方だった。

「明るいときからデートしたいってバカがいるのよ。まあ、この不景気だからさあ。そういうサービスもしとかないと」

「ご苦労なことだな」

「そうそう。今度、うちの下に住んでる外国人に注意してくれない？　お香をたくのはいいんだけどさあ。洋服を干してるときはやめてほしいのよ。妙な匂いがついちゃうから。こっちも一応、色気で商売してんだから、お香臭くちゃやってらんないでしょ」

「仕事なら受けてやるよ」

「何よ。あたしから、お金取ろうっていうの？　そんなこと言わないでさあ。いいじゃない。私と竜司さんの仲なんだし。今度、特別にタダでお相手してあげるから。ね？」

「ミチの世話になるほど、不自由しちゃいないよ」

「まっ！　どういう意味？　失礼ね！」

「悪い、悪い。近いうちに特別タダで言っといてやるよ」

「よかった。お願いね」

ミチは厚化粧が割れそうなほどの笑顔を見せると、趣味の悪いバッグを振り回しながら大通りへ消えていった。

竜司は苦笑し、事務所兼住まいのドアのカギを開けた。煮えたぎった空気が、ムンと顔をさらう。汗がドッと噴き出す。

部屋の中に、たいして物はない。

置き去りにされていた事務用のスチール机にキャスター付きのイス。来客用とベッドを兼ねているソファー。服は、やはり置きっぱなしにされていたファイルケースに積んでいる。

デスクの上には、請け負った仕事の資料が雑然と積み上げられている。それ以外は電話機が一台、ポツンと置かれているだけ。

竜司は、ゴミ捨て場から持ち帰った冷蔵庫の扉を開け、缶ビールを取り出した。プルを起こすと、泡が噴き出した。苦味のある泡を唇ですくいながら、デスクに近づく。

留守番電話のランプがついていた。竜司は再生ボタンを押し、イスに腰かけた。発信音のあとにメッセージが流れる。

《ヤクザの車にぶつけてしまって、法外な修理代を請求されています。どうすればいいんでしょうか?》

若い男の声だった。連絡先を吹きこんだメッセージが終わると、また、次のメッセージが流れた。

《バーで出会った女と勢いで寝てしまったんですが、それがヤクザの女で……。助けてください!》

今度は、中年男の声だった。またメッセージが切り替わる。

《何人ものストーカーに付きまとわれてるんです。何とかしてください！》

怯《おび》えた女性の声が飛びこんできた。

まったく、どうしようもない連中ばかりだな——。

思いつつ、竜司はメッセージに入っている連絡先をメモに書き込んでいく。

竜司の仕事は、トラブルシューターだ。警察がなかなか相手にしてくれない小さな事件や人に言えないトラブルを、自己流で処理する。

先だって、池袋の白根組が経営するぼったくりバーに乗り込んだのも、市田というサラリーマンに依頼された仕事だった。

市田は、客引きの女の子に連れられるまま入った店で、十二万円もの金を取られたと泣きついてきた。

十二万といえば、家庭持ちのサラリーマンにとっては大金だ。そもそも、そうした善良な一市民が興味本位、あるいは泥酔《でいすい》して危険な場所へ踏み込むこと自体、あまりに平和ボケがすぎて呆《あき》れた話なのだが、竜司は市田の依頼を引き受けた。

金額の問題ではない。トラブルの大小では判断しない。依頼者の身元も問わない。

ケチな料簡《りょうけん》で平和に暮らしている一般人を陥《おとしい》れ、稼いでいる連中が許せないだけだ。

ただ、この仕事を続けていると、嫌になるときもある。市田のように、自分からまいた種でトラブルを招いている連中も多い。中には、懲《こ》りずに何度も同じトラブルを抱え込む大バカ者もいる。

そんな連中は、仕置きの意味もこめて、放っておいてもいいのだが――。

天秤《てんびん》に掛けると、やはり、陥れる連中の方が悪いと思ってしまう。

これもまた性分なのだろうか……と、竜司は時々千慮《せんりょ》する。

「戻ってこい、か……」

瀬田の言葉を思い出した。

警察官に戻れば、今のような無茶をせずともトラブルを処理できる。菊の代紋の効力はよく知っている。

けれど、すぐ首を小さく横に振り、ビールをあおった。

何を考えているんだ。俺の警察人生はあの事件で終わった。終わったんだ……。

目を閉じると、いつでも十年前の記憶がよみがえる――。

3

「影野、宇田桐《うだぎり》。君たちには、志道会《しどうかい》に潜入してもらう」

十年前の二月下旬――。

当時、警視庁本庁組織犯罪対策部を仕切っていた瀬田のこの一言が、竜司の運命を大きく変えた。

竜司は、当時二十七歳。同期の宇田桐善康《よしやす》とともに、組対の実働部隊として、体を張って犯罪捜査に当たっていた。

志道会というのは当時、新宿、渋谷、池袋といった首都圏の拠点となる地域を牛耳《ぎゅうじ》っていた暴力団だ。

組対は、彼らの麻薬密売の実態をつかんではいたが、どうしても中枢にたどり着くことができずにいた。

そこで、組対本部は、苦渋の策として潜入捜査を選んだ。


竜司は、家庭を持っていた。妻の美雪《みゆき》、そして、五歳になる娘の亜也《あや》。小さなマンションでの暮らしだったが、竜司にとって、家族の存在は大きな支えとなっていた。

美雪は、竜司が何時に帰ってきても起き上がり、相手をしてくれた。

わずかな時間でも、美雪の笑顔に触れると、張りつめっぱなしの神経が癒された。

潜入捜査前日も、深夜に帰ってきた竜司に気づき、起き上がってきた。

「お帰りなさい。お疲れさま」

いつものように竜司の着ているスーツの上着を脱がそうとする。

「今日はいい。またすぐ本庁に戻らなきゃならない。明日から、潜入捜査が始まる。しばらく家に帰れないと思うが、留守中は頼んだぞ」

「わかってる。いつものことだから」

美雪は、にっこりと微笑んだ。

警察官の妻は、毎日、夫の安否を気づかっている。警察官という仕事は、いつも死と隣り合わせだ。朝は元気でも、夜には冷たい体となり戻ってくる……という事態も、何ら不思議ではない。

夫の生死を案ずる日々は不安なはずだが、美雪は一度も気を揉《も》む素振りを見せたことがない。

その心遣いが、竜司にはうれしかった。美雪がしっかりと家を守ってくれていると思うからこそ、仕事に専念できた。

「無茶しないでね」

「人を猛獣のように言うな」

そう言い、笑う。

竜司は、二、三日分の着替えをバッグに詰め込み、子供部屋を覗いた。亜也は、父親が帰ってきたことも知らず、寝息を立てている。

娘の顔を脳裏に深く焼きつけた。娘に会いたいという思いもまた、竜司を死の淵《ふち》から救い出してくれる原動力だった。

「じゃあ、行ってくる。万が一、不穏な空気を感じたときは――」

「瀬田さんに連絡しろ、でしょ？　わかってる。いってらっしゃい」

美雪は笑顔で竜司を送り出した。


本庁に戻ると、先に戻っていた宇田桐が、ニヤつきながら近づいてきた。

「別れの挨拶《あいさつ》は済んだのか？」

「縁起でもないこと言うなよ」

「家族を持つと大変だな」

「家庭はいいぞ。待ってくれている人がいると思うと、簡単に殺《や》られるわけにはいかないからな」

「おまえには、そのぐらいの抑止力が必要だ。でないと、何をしでかすかわかったもんじゃない」

「ここでも猛獣扱いか……」

独りごちて笑う。

「まあしかし。俺に家庭は必要ないな」

宇田桐が言った。

「一生、独身を通すつもりか？」

「この仕事を続ける限りはな」

宇田桐は両肩を竦めた。

竜司と宇田桐はプライベートでも仲がよかった。

仕事が終わると独身の宇田桐を家に呼んで一緒に食事をしたり、竜司が帰れないときは、家族の様子を宇田桐に見てきてもらったりすることもあった。

この組み合わせは、署内でも七不思議扱いされていた。

真面目で慎重な宇田桐が家庭を持ち、何かといえばつい突っ走ってしまう竜司が独身
――というほうが、しっくりくる。

が、冷静に考えれば、いつも危険と隣り合わせの組対部員にとって、結婚すること自体が無謀と言えるのかもしれない。

真面目で慎重な宇田桐だからこそ、家庭を持つというリスクは取らないのだろう。

しかし、宇田桐も本当は家族がほしいのだろうと、感じることはある。

竜司の家を訪れたときの宇田桐は、よそでは決して晒《さら》さないほどのリラックスした柔《にゅう》和《わ》な表情を見せる。

そうした本心をあえて胸の内に押し込めるあたり、宇田桐らしいといえば、らしいのだ

が――。

「さて。じゃあ、早速打ち合わせを始めようか」

宇田桐が仕切り直した。

空気が張る。

「おまえの案があれば、聞くが？」

宇田桐が竜司を見た。

竜司はふっと口角《こうかく》を上げた。

「いつも通り、作戦の立案はおまえの役目だ。考えがあるんだろ？　聞かせろ」

「おまえ相手に気づかうことはなかったな」

宇田桐も口辺に笑みを滲《にじ》ませ、話し始めた。

「志道会は、麻薬を密輸するために、マルオ倉庫という運送会社を買い取った。そこに頻繁に出入りしているのは、柳沢《やなぎさわ》通運の船舶。ここは、志道会の会長が直接経営している会社だ。仕入れたブツの管理は、柳沢通運が。ブツの運搬配送は、マルオ倉庫のほうで一括していると思われる。そこでだ。俺は、柳沢通運のほうに出向いて、密輸入の管理データを押さえる。おまえは、マルオ倉庫の内部に潜入して、密輸入品目の流れを仕切っている人物を特定し、運搬先のデータを入手する。管理データと販売網を同時に押さえるという作戦だ。どうだ？」

「悪くない。途中経過の報告はどうする？」

「ブツの実態がわかれば、俺のほうからおまえとの接触を図る。頻繁に連絡を取り合うことは、素性がバレるリスクを高めるだけだ。接触は、最後の詰めに出る前だけでいい。それまでおまえは、マルオ倉庫の内部に潜りこみ、一員になりすましておいてくれ」

「俺は、おまえからのゴーサインを待てばいいというわけだな？」

「そういうことだ」

宇田桐が頷《うなず》いた。

「何か、問題点はあるか？」

「いや。あとは現場に乗り込んでみるしかないだろう」

「決まりだな。では早速、明日から動こう。今日は家に帰って寝てきてもかまわんぞ」

「もう気分は仕事モードだ。ここで家族に会うと気が削《そ》がれる」

「相変わらず、仕事バカだな。そういえば、子どもの日は亜也ちゃんの誕生日だったよな。ゴールデンウイークまでに片づけて、旅行にでも行こう。久々に楢山《ならやま》も誘ってやるか。あいつも休日は暇を持て余してるだろうからな」

「いい案だ。じゃあ、互いの武運を」

竜司と宇田桐は、互いの拳をぶつけ合った。

4

三日後の早朝――。

夜が明けきらないうちに、竜司は、晴海埠頭《はるみふとう》を訪れた。近くにある小さなバラックの飲み屋にふらりと入り込む。

薄汚れた作業服を着ていた。髪の毛も汚れ、固まっている。不精《ぶしょう》ヒゲも長い。とても、組対の人間には見えなかった。

竜司は、くたびれた労働者を演じるために、三日三晩作業服を着続け、橋の下で寝泊まりをした。

潜入捜査をする場合、何より、潜入現場に合ったニオイを醸《かも》し出すことが重要だ。慣れない野外生活でろくに眠れず、瞳も濁り、充血している。だがその疲れた顔つきも、鬱屈《うっくつ》した労働者を演じるには好都合だった。

時刻は午前五時を回ったところ。しかし、バラックの飲み屋には荷揚げをすませた港湾労働者や、夜勤明けの倉庫の労働者が集《つど》い、賑《にぎ》わっていた。

入口付近から、中の様子を見た。男を探す。

いた……。

竜司はメガネをかけた小柄な中年男に目を留めた。ど真ん中のテーブル席に陣取り、大柄の屈強な男二人を従え、ふんぞり返って飲んでいる。

男の名は黒田《くろだ》という。マルオ倉庫の人事権を握っている人物だ。

黒田が腕っ節の強い男を好んで集めるという情報を仕入れた竜司は、そこからマルオ倉庫に潜り込む糸口をつかもうと考えていた。

竜司はそのまま奥へ進み、カウンターに座った。

「オヤジ、酒だ」

「へい」

店主は、欠けたグラスに日本酒を注ぐと、竜司の前に差し出した。

竜司は、それを一気にあおった。喉が焼ける。不味《まず》い。一升瓶に余った酒の滴《しずく》をかき集めて作った爆弾酒だ。含んだだけで、こめかみに軽くパンチを食らったような衝撃が走る。場末の飲み屋では時々出くわす酒だった。

「おかわりだ。早く注げ!」

竜司は、苛立《いらだ》っている様子を見せながら、厨房《ちゅうぼう》に向け、グラスを叩きつけた。

店主は、露骨に口をへの字に歪め、竜司を見やった。

「何だ、そのツラは。早く飲ませろ!」

竜司は、店主が握っていた一升瓶を取り上げた。

「ちょっと、お客さん――」

「文句があるってのか！」
竜司は立ち上がり、瓶ごとラッパ飲みをして見せた。半分ほど飲んで、一升瓶を床に叩きつける。
瓶が砕けた。けたたましい音に、店内が一瞬静かになる。
酒滴とガラスが周囲に飛び散った。
狙《ねら》い通り、黒田のテーブルにも被害が及んだ。
「おい、ニイさん――」
黒田と同席していた男の一人が立ち上がった。竜司の前にそびえる男は、背も体つきも
一回り大きい。右の頬には刃物で斬られたような古傷があった。
「何だよ。おまえも、文句あんのか？」
「どうして荒れてるのか知らねえが、人に迷惑かけることはねえだろ」
「迷惑かけるなだと？　迷惑かけられたのは、こっちだ！　やっと倉庫作業員として雇っ
てもらったと思ったら、荷物がなくなってよ。犯人はトラックの運ちゃんだってわかって
るのに、ヤツラ、全部俺のせいにしやがった。ふざけんなってんだ。俺は、何度も言った
んだぜ。俺じゃねえって。そうしたら、古株どもが俺をリンチしようとしやがったんだ。
だから、全員返り討ちにしてやった。そうしたら、俺に辞めろだと。信じられっか？　う
ちは暴力的な人間は要らないだとよ。ふざけんなってんだ」

竜司は、くだをまきながら、黒田のテーブルに置いてあったビールを瓶ごとつかみ、自分の喉に流しこんだ。

「いいかげんにしねえか、ニイさん」

頬に傷のある男は、竜司の胸ぐらをつかんだ。

「汚《きたね》え手で触るんじゃねえ！」

竜司は言うなり、ビール瓶で男の頭を殴った。瓶が砕ける。

周囲の人間が、スッとテーブルの周りから離れた。

「つうっ……ふざけやがって」

男は、竜司を突き飛ばした。

竜司の踵が浮いた。制御を失った身体がテーブルをなぎ倒す。

「八つ当たりしてんじゃねえぞ、こら！」

男は怒鳴り、竜司の太腿《ふともも》を蹴った。

竜司は顔をしかめた。骨にまで響く重い蹴りだった。

男は、竜司の襟首《えりくび》をつかんで、立たせた。

瞬間、竜司は男の腰に両腕を回し、引き寄せ、股間に右膝《ひざ》を叩きこんだ。

息を詰めて股間を押さえた男は、その場に膝をついた。

竜司は、テーブルに置いてあった金属製の灰皿を握った。思いっきり振り回し、男の頬を殴る。

頬骨が鈍い音を立てた。男は表情を歪め、真横にぶっ倒れた。竜司は、男の鳩尾めがけ、爪先を蹴りこんだ。

肋骨《ろっこつ》の下の窪《くぼ》みに爪先がめり込んだ。

男は目を剝《む》いて、口から泡を吹いた。

「このガキャ！」

黒田の席に座っていたもう一人の男が、ビール瓶を持って立ち上がった。

やにわに、竜司の頭部を殴りつける。

重い衝撃に、竜司は前のめった。

男は竜司の背中を蹴飛ばした。

竜司は、床にうつぶせ、滑った。

「海に沈めるぞ、ガキが！」

男が竜司の脇腹を蹴り上げた。

内臓が歪んだ。竜司は蹴りに弾かれ、転がり、仰向けになった。

男は馬乗りになろうと竜司を跨《また》いだ。

一瞬の間を捉え、竜司は男の股間をめがけ、右足の踵を突き出した。

睾丸《こうがん》を抉《えぐ》られた男は、目を剝いた。

大きな体が竜司の上に倒れてくる。転がって男を避《よ》ける。男は、股間を押さえたまま跪《ひざまず》いた。

竜司は、丸イスを持ち上げた。

「てめえこそ、海に沈めるぞ、こら！」

大きく振りかぶった丸イスを、男の背中に振り下ろした。

イスが砕けた。男は呻き、背を仰《の》け反《ぞ》らせた。そして息を詰め、絶入した。

気がつけば、店内は惨憺《さんたん》たる有様となっていた。イスやテーブルはことごとくなぎ倒され、ガラス片や食い物や酒がそこかしこに四散している。

店内をぐるりと見渡した。店主はおろか、周りにいた客すら、竜司と目を合わせようとしない。

竜司は、イスに腰かけたまま小さくなって震えている黒田を見据えた。

「こいつら、おまえの子飼いだろ？　おまえもやってやろうか？」

「い、いえ……めっそうもない」

黒田は、怯《おび》え顔に無理やり笑みを浮かべた。

「まったく、どいつもこいつも、どうして俺を苛つかせるんだ！」

竜司は、倒れた二人の大男を踏みつけた。

近くにあった一升瓶を握り、出口へ歩く。他の客が道を開ける。竜司は周りに射るような視線を投げ、外へ出た。

海の方へ向かって歩いていると、後ろから黒田が追ってきた。

「待ってくれ、君！」

竜司は立ち止まらなかった。

必死に走ってきた黒田は、竜司の前に回りこみ、足を止めさせた。

「何だ、文句あんのか！」

「違う、違うよ！　君、強いね」

「うるせえなあ」

「君、さっき職をなくしたとか言ってたね。倉庫作業員の」

「だから何だってんだ！　その話を聞かされると、頭にくんだよ！」

竜司は、黒田の胸ぐらをつかみ上げた。黒田の踵が浮き上がる。

「話を聞いてくれ！　私は、ここ晴海のマルオ倉庫というところで人事担当の責任者をしている者だ。よかったら、うちへ来ないか」

「冗談かましてっと、本気で殴るぞ！」

竜司が拳を振り上げる。黒田は、顔の前に手のひらをかざした。

「本当だ！　何なら、今からうちの事務所に来てくれ。さっそく手続きするから」

「そんな与太話《よたばなし》に引っかかるとでも思ってんのか？　バカにするのもいいかげんにし

ろ！　今度は俺に何をさせようってんだ。てめえらみたいな汚え連中に利用されてたまるかってんだ」

竜司は、黒田を突き飛ばした。

黒田は尻を打ち、顔をしかめた。

「わかった！　君が、信じてみようという気になったら、ここへ来てくれ」

竜司に這《は》い寄り、ポケットに名刺をねじ込む。

竜司は知らん顔して、黒田に背を向けた。

「待ってるぞ、君！　待ってるぞ！」

黒田は竜司の背中が見えなくなるまで、大声で呼びかけた。

埠頭の倉庫の陰に歩み入り、足を止めて振り返る。黒田の姿は見えなくなっていた。

竜司はその場に座り込んで、壁に背をもたせかけ、息を吐いた。

「思ったより、ハードだったな」

切れた口内を酒で洗い、吐き出した。血の混じった酒がコンクリートの溝を流れていく。

「まあしかし――」

ポケットから名刺を取り出す。確かにマルオ倉庫の黒田のものだ。

これで、仕込みは十分だ――。

竜司は名刺を握り、笑みを浮かべた。

数日後。竜司は、マルオ倉庫の事務所を訪れた。

「いやいや、待っていたよ。君ならきっと来てくれると思っていた。さあさ、座って」

竜司を迎える黒田は、上機嫌だった。

竜司は、差し出されたパイプイスに座る前に頭を下げた。

「こないだはすみませんでした。酔った勢いとはいえ、とんでもない迷惑をかけてしまって。どうも、ダメなんですよ。カッとなったら、つい手が出ちまう。ガマンはするんですがね。一度始まっちまうと、自分じゃどうにも止められないんです。それでいつも、あちこちでトラブル起こしちまって……」

「いいんだよ。君が荒れていた気持ちもわかる」

黒田はしきりに頷いた。

「ところで、こないだの話なんだが――」

「今日は、お詫びをしに来ただけです。じゃあ、俺はこれで」

竜司は立ち上がろうとした。

「まあまあ、待ちたまえ」

黒田は、竜司の肩を両手で押さえ、ソファーに座らせた。

先日の荒れた竜司とは一転。ここでは礼儀正しい竜司を見せる。その単純な態度が、黒田に好印象を与えたようだった。

「うちにいる連中は、みな君のような気の荒い者ばかりだ。だから、仲間内や顧客とのトラブルも多い。けど、うちはそんなことでクビを切ったりはしない。詫《わ》びることができる人間は、トラブルを起こしても、やっていける。うちはね。君たちみたいなはぐれ者を温かく迎えたいんだよ」

「お気持ちはうれしいのですが、こちらの従業員の方にも、ケガをさせてしまったことですし」

「そのことなら、心配ない。私が含めれば、何もなかったということで済む。どうだ。来ないかね。私は、君のその熱い血潮にかけてみたいんだよ」

黒田は、竜司の手を取る。

クサイ芝居だな……と思いながらも、竜司は、感動したフリをして、手を握り返した。

「黒田さん。本当に俺みたいなヤツでいいんですか?」

「君だからいいんだよ」

「……実は、仕事がなくて困ってたんです。本当に、なんと言ったらいいのか。俺みたいな乱暴者に、声かけてくれる人なんて、いなかったもんで」

「見りゃわかるよ。君は、乱暴なだけじゃない。礼儀をわきまえた立派な青年だ」

「ありがとう……ありがとうございます！　俺、黒田さんのために一生懸命、働かせてもらいます！」

「頼むよ」

黒田は満足げに頷き、誓約書をテーブルに置いた。

竜司は、自分の名前を苗字に使い、〝竜司守〟という偽名を誓約書に書き込んだ。

そうして、マルオ倉庫への潜入は成功した。

5

マルオ倉庫の従業員となって三週間が経った。竜司は、すっかりマルオ倉庫の一員として、周りに溶け込んでいた。

港湾労働者は、気は荒いが一本気な人間が多い。飲み屋でケンカをした連中も、非を詫び、一発ずつ殴らせると、あとはさっぱりしたものだった。

「竜司。飲みに行くか」

「はい」

「その返事はやめてくれ。俺とおまえはもう仲間なんだ。もっと気楽にいこうや」

最初に竜司とケンカになった頬に傷のある男が言う。

矢部《やべ》という男だった。過去はいろいろあるらしいが、付き合ってみると、気さくで気持ちのいい男だった。

三週間もすると、内部の力関係が見えてきた。

矢部は、倉庫内で仕切り役を務めていて、荒くれた連中をうまくまとめていた。だからこそ、黒田と飲みに来たりしていたようだ。三十名近くいる倉庫作業員の誰一人として、矢部に逆らう者はいなかった。

その矢部を倒した男が竜司だということも、仲間内ではすでに周知の事実。そのせいか、竜司にいちゃもんをつけてくる者もいなかった。

矢部に近づけば、倉庫内での地位も高まる。誰もが矢部に近づきたがるが、矢部はそんな浅ましい連中を相手にはしなかった。

仕事が終わり、竜司と矢部は、最初に出会ったバラックへ足を運んだ。

「矢部さん、いらっしゃい。今日も竜司さんと一緒かい？」

「ああ。こいつとはウマが合うんでな。酒をくれ」

「へい」

矢部が言うと、店主は日本酒を一升瓶ごと持ってきて、テーブルに置いた。

湯呑茶碗で酌み交わす。気をつかうことはない。お互い、手酌で飲むだけだ。

おもしろいことに、矢部に差し出される酒は、竜司が飲まされた寄せ集めの爆弾酒ではなく、普通の吟醸《ぎんじょう》だった。

力関係は、倉庫の外でも有効らしい。

「竜司。そろそろ、仕切ってみねえか？」

矢部がいきなり切り出した。

「倉庫をか？　そりゃあ無理だろう。俺はまだ、働き始めて三週間だぞ。それに、あんたもいることだし」

「実はな。黒田さんに上がってみねえかって言われてるんだ。本社に」

「本社へ？」

「ああ。サラリーマンって柄じゃねえが、いつまでも倉庫でくすぶってるのも退屈だろ。けど、後継者がいねえと、俺も引くに引けねえ。で、和賀《わが》のヤツを俺の後釜《あとがま》に据えようと思ってたんだけどよ。おまえが簡単にのしちまっただろ」

矢部が苦笑する。

和賀という男は、三週間前、黒田や矢部と同席していて、竜司にやられた男だった。

「おまえもわかると思うが、倉庫内は力のねえヤツには仕切れねえ。何をやってたのかわからねえ連中ばかりだ。どんなヤツにも負けねえ圧倒的な力だけが物を言う。そういう意味で言えば、おまえはうってつけだ。なんせ、この俺をのしちまったんだからな」

「けど、他の連中が納得しねえだろ」

「俺が納得させる。ちなみに俺が倉庫内を仕切りだしたのは、入って二週間目からだ。力さえあれば、簡単に仕切れるんだよ、倉庫は。なあ、竜司。いろいろ思うところはあるだろうが、ここは一つ、首を縦に振っちゃくれねえか」

矢部はテーブルに手を突いて、軽く頭を下げた。

倉庫内の仕切りをすれば、本社への道筋がつくというわけか。密輸入品目や運搬に関するデータも入手しやすくなる。好都合だ。

思いながらも、竜司はすぐに飛びつかず、しばらく考えたフリをして、口を開いた。

「……顔を上げてくれ。わかった。誰でもねえ、あんたの頼みだ。引き受けさせてもらうよ」

「すまねえ。恩に着るぜ」

「恩なんていらねえよ。そうと決まりゃあ、乾杯だ」

竜司は、自分と矢部の湯呑茶碗になみなみと酒を注ぎ、乾杯した。

その夜。寮代わりの安アパートに戻った竜司を待っていたのは、和賀だった。

「竜司。ちょっと顔を貸せ」

和賀が顎《あご》を振る。

竜司は、黙ってあとをついていった。

和賀は、アパートの近くにある公園に竜司を連れ出した。

深夜一時。公園に人影はない。錆びついたブランコが、初春の寒風に吹かれ、揺れていた。

「今日、矢部さんと何を話してきたんだ？」

「何でもいいだろ」

「わかってんだ。仕切りのことだろ」

和賀が竜司を睨みつけた。

竜司も静かに見返す。

「なあ、頼む。その仕切り、俺にやらしちゃくれないか。とにかく仕切りてえんだ。上に行きてえんだ。俺のあとは、必ずおまえに譲るからよ」

「……できねえな」

「俺はもう、三年もあの倉庫で働いてる。一年半前も仕切りに回るはずが、矢部さんのせいでダメになっちまった。今度こそと思ってたら、今度はおまえだ。おまえには、これからいくらでもチャンスがある。けど、俺は今回がラストだ。二回も仕切りを逃して、仕切りに昇格したヤツはいねえ。な、頼む。この通りだ」

和賀は、頭を下げてみせた。

倉庫内での立場など、本来どうでもいいのだが、竜司には目的がある。潜入捜査を完遂するためには、竜司としても譲るわけにはいかなかった。

「あきらめろ。おまえには運がなかったということだ」

「そうかい。頭を下げてもダメかい」

和賀は顔を横に向け、唾《つば》を吐いた。

右手を挙げる。と、木の陰から、鉄パイプを握った男が現われた。

頭数は三つ。三人とも、和賀の子飼いらしい。一人は若い茶髪の男。もう一人は、薄毛の背の高い男。小柄で猫背の男は包丁を握っていた。

「てめえみてえな新入りに、このチャンスを取られるわけにはいかねえんでな。殺っちまえ！」

和賀が唸《うな》る。

三人が一斉に襲いかかってきた。

茶髪の男と薄毛の長身男が、左右から同時に鉄パイプを振り下ろした。

竜司はバックステップを切り、飛びのいた。右に回りこんだ猫背の男が、包丁を突き出してくる。竜司は、腹を引いて切っ先をかわすと、すばやく男の腕を取った。

瞬時に、手首の窪みに親指の爪を立て、強く握り締める。

猫背の男が顔をしかめた。手から包丁がこぼれおちる。同時に竜司は、前のめる男の足を払った。

小さな体がふわっと浮き上がる。宙で反転した猫背の男は、背中から地面に叩きつけられた。

猫背の男は仰け反って呻いた。

そこに、駆け寄ってきた茶髪が鉄パイプを振り下ろした。竜司は地面を転がり避けた。かわした鉄パイプは、猫背の男の腹部を抉った。

「ぐはっ！」

猫背の男は、体をくの字に折り、目を剝いた。口から食べたものを吐き出し、もんどり打つ。

茶髪は仲間のことなど構わず、立ち上がろうとしていた竜司に向け、パイプを振った。

竜司は、とっさに顔面を両腕でカバーした。衝撃が骨にまで響く。

左からは、薄毛の長身男が鉄パイプを振り下ろしてきた。避けようとしたが、間に合わなかった。

左側頭部に鈍痛が走った。殴られた箇所が熱い。頭皮が割れ、こめかみに血が滴《したた》った。

長身男は、もう一度、パイプを振り上げた。とっさに竜司は地を蹴り、男の腹部めがけて頭から突っ込んだ。

長身男の鳩尾に竜司の頭頂がめり込む。男は上体を折り、息を詰めた。竜司は起き上がりざま、長身男の下顎を頭でかち上げた。

男の大きな体が跳ね上がった。顎を砕かれ、血糊《ちのり》をまき散らしながら仰向《あおむ》けにぶっ倒れる。倒れた拍子に後頭部を強《したた》かに打ちつけた。

「う、うう……」

長身男は頭を起こし、顔を振った。朦朧《もうろう》としている。

竜司は、長身男の顔面を踏み潰した。男は短く呻き、失神した。

残った茶髪男が背後からパイプを振り下ろしてきた。

気配を感じた竜司は、前方へ飛び転がった。

地面に落ちていた鉄パイプを拾う。片膝をついた体勢で振り返り、パイプを振った。

鉄パイプは、男の両脛《りょうすね》を真正面から捉えた。茶髪男は、突っ伏して倒れた。両脛を押さえ、喚き、のたうち回る。

立ち上がった竜司は、茶髪男の頭部に鉄パイプを振り下ろした。ゴッと鈍い音がし、茶髪男は動かなくなった。

竜司は、やおら和賀の方を向き、対峙《たいじ》した。静かに見据える。

無類の強さを改めて見せつけられた和賀は、震えて後退《あとずさ》った。

「まだ、やるか？」

鉄パイプを握りしめる。

「わ、悪かった……ほんの冗談だ。仕切りはおまえに譲る。俺も、協力する。だから……

な」

　笑みが引きつる。

「情けねえ……。こいつら、やられ損じゃねえか」

　竜司は、地面に転がった三人の男を一瞥《いちべつ》した。

「上に立ちたいってんなら、最後まで意地を見せたらどうだ」

　鉄パイプを右肩に乗せ、にじり寄る。

　和賀は色を失った。

「待て。待ってくれ。俺は降参する。負けを認めた。それでいいじゃねえか。何でもする。おまえの言うことを何でも聞く。だから、頼む。ここでカンベンしてくれ」

「ダメだ。今後のこともある。きっちりケジメはつけてもらうぞ」

　竜司は鉄パイプを振り下ろした。

　鉄パイプは、和賀の前頭部を砕いた。額が割れ、血が噴き出す。和賀は額を両手で押さえ、膝を崩した。

　竜司は、和賀の右肘めがけ、鉄パイプを振った。乾いた音がし、骨が砕けた。

　和賀の咆哮《ほうこう》が薄闇をつんざいた。

「二度と俺に逆らうな」

　竜司は和賀に鉄パイプを投げつけ、アパートに戻った。

四月一日付で、矢部は倉庫を去った。その後、矢部の推薦もあり、予定通り、竜司が倉庫内の作業を仕切ることとなった——。

6

竜司が倉庫の仕切り役に昇格して、三週間が経っていた。

「竜司くん。中東から取り寄せた絨毯《じゅうたん》は到着したか？」

黒田が訊く。

竜司は手に持った伝票ボードに目を落とし、商品の配送状況を確認した。

「船は到着していますが、出荷準備がまだできてません。今、急がせてますが、早く見積もってもあと三時間はかかりますね」

「もう少し、早くならんか」

「なんとかやってみます」

「頼んだよ」

黒田は言い、事務所へ戻っていった。

竜司は周りの従業員に指示を出した。指示通りに男たちが動き回る。

仕切り役の仕事は簡単なものだった。搬入と搬出の伝票を確認し、部下に仕事を振り分けるだけ。生涯を捧げるほどやりがいを感じる仕事でもない。

が、部下が自分の一声でテキパキと動く様は何とも心地よい。ちょっとした大将気分だ。和賀が仕切りにこだわっていた理由もわかる気がした。

その和賀は、右腕を吊《つ》ったまま、倉庫内の掃除をさせられていた。

竜司に二度も敗れた和賀は、倉庫内での力も失い、かつての手下からも奴隷のように扱われていた。どの世界もそうだが、失脚した人間の末路は哀れなものだ。

辞めてもおかしくないのだが、他に行くところもないのだろう。

多少、気の毒だが、自業自得な面もある。

和賀のことは脳裏の隅に追いやり、竜司は日々、自分の目的に専心した。

仕切り役になると、扱っている荷物全般の流れがよく見えた。

マルオ倉庫は、主に輸入雑貨や家具を扱っていた。それらを高級デパートや専門家具店、インテリア店などに卸《おろ》している。オーダーメイドの品も多く、珍しい調度品も目についたが、麻薬につながるような品物は特に見当たらなかった。


そのままさらに一週間が流れた。

亜也の誕生日までには、片づきそうにないな……。

竜司は頭を垂れた。

毎年、娘の誕生日を祝ってあげたいと思っている。宇田桐が提案したように、ゴールデンウイークぐらいは休暇を取り、家族サービスができたらとも思う。

が、約束をしても果たせたことがない。

竜司たちが相手にしているのは、犯罪者だ。連中は暦通りに動いてくれない。

成り行き、ゴールデンウイークに休めたことも、亜也の誕生日に家にいたことも、一度もなかった。

父親としては心苦しいが、それも警察官という仕事の定めだ。

そのうち、父親なんていらないと言われるかもしれないな。

乾いた笑みをこぼす。

普段通り、倉庫内で伝票ボードを片手に部下に指示を出していると、業務専用の携帯電話が鳴った。腰のホルダーから携帯を取りだし、耳に当てる。黒田だった。

――竜司くん。ちょっと来てくれ。

「今、ですか？」

――そうだ。急いでな。

電話が切れた。

竜司は部下に段取りを任せ、事務所へ向かった。事務所は、倉庫の並びにある小さなビルの三階にある。

五分ほどで着いた。中へ入り、総務や経理担当者がいるオフィスを横目に見つつ、奥へ進む。ガラス窓の間仕切りに隔離された部屋が、黒田のオフィスだった。

ドアをノックし、中へ入る。

「失礼します」

「来た来た。彼がうちの倉庫の従業員管理をしている竜司です。こちら、柳沢通運の鈴木さんだ」

「鈴木です」

スーツに身を包んだ男が、ソファーから立ち上がり振り向いた。

竜司は、男の顔を見て、微細な笑みを浮かべた。

鈴木と名乗った男は宇田桐だった。宇田桐は素知らぬ顔で、竜司に挨拶をした。竜司も従業員らしく深々と頭を下げた。そのあたりの演技は、お互い、心得たものだった。

竜司は、ソファーを回り込み、黒田にも挨拶をして、隣に座った。

早速、黒田が本題を口にした。

「実はな、竜司くん。三日後に搬出予定のイタリア製の家具を今日搬出したいとおっしゃっているんだ」

「今日ですか?」

竜司は、宇田桐に訊いた。

「ええ。他の倉庫から搬出する予定だった同様の荷の陸揚げが遅れていまして。そこで、同じものがないかと探していたところ、こちらにその家具があったもので、無理を承知で御社にお願いできないものかと思い、まいりました」

「本社に言ってくれれば済むことなんだが、現場の者に申し訳ないということで、こうしてわざわざ足を運んでくださったんだ。搬出スケジュールは変更できるだろうね?」

黒田が言う。できないとは言わせない、といった雰囲気だった。それほど、柳沢通運は大事な相手なのだろう。

「同様の家具が三日後に入るということなら、搬出スケジュールは何とかしますが。もう、搬入先が決まっている荷ですから」

すると、宇田桐が口を開いた。

「三日後に搬入する店側には、私から連絡を取っておきました。そちらは多少搬入が遅れても大丈夫だそうです。ただ、何分、急な話で、手違いがあってもいけませんので、もしよろしければ、私の目で商品を確認した上で、搬出指示を出せればと思っているのですが。いかがでしょう?」

宇田桐が、竜司と黒田を見やる。

「俺はかまいませんが」

言って、黒田を見る。

「どうぞ、どうぞ。間違いがあってはいけませんものね。こちらこそ、ぜひよろしくお願いします。竜司くん。鈴木さんを倉庫に案内して差し上げなさい」

「わかりました。では、早速」

竜司は、宇田桐を連れ出した。


ビルを出たところで、竜司と宇田桐は顔を見合い、微笑んだ。

「見事な労働者ぶりだな」

宇田桐は竜司を見て、ニヤついた。

「おまえこそ、たいしたサラリーマンぶりだ。とても刑事には見えないぞ」

「おまえに言われたくはない」

「しかし、鈴木とはまた、簡単な名前にしたもんだな」

「普通の名前が一番だ。おまえこそ、名前を名字にするとは大胆すぎやしないか」

「おまえが来たとき、見つけやすいようにと思ってな」

「腐れ縁の友人の顔くらい、すぐわかる」

宇田桐は笑った。

「で、何かつかめたか？」

竜司が訊いた。

「ああ、ばっちりだ。来週、ヤツラはクリスタル細工を大量に陸揚げする。そいつがどうやら、ブツだな」

「クリスタルでクリスタルを運ぶか。ナメた話だな」

竜司は奥歯を噛《か》んだ。

クリスタルというのは、メタンフェタミンの別名。つまり、覚醒剤のことだった。

「柳沢通運の過去の運搬記録を調べてみたんだが、ここ数年、半年に一度、北米からクリスタル細工を輸入している。製造元は西海岸。そして、輸入時期と、日本市場に大量にブツが出回っている時期が一致している」

「西海岸か。密輸、密造の本場だな。しかし、ガラス細工でどうやって、ブツを運ぶんだ？」

「ブツを水に溶かして、ガラス細工の縁の隙間に仕込み、ガラス製品として輸出入するという密輸方法があるらしい」

「それなのか？」

「わからんが、それ以外に怪しい品目は見当たらなかったな。仮にその手法を使っていたとすれば、クリスタル細工に仕込まれたブツを抜き出し、水分を飛ばし、粉に戻すという作業工程が必要となる。日本のどこかに必ずその作業場があるはずだ。その場所さえ突き止められれば、密売組織を一網打尽にできる」

「クリスタル細工に仕込んでいる可能性は？」

「一〇〇％とは言わんが、かなりの高確率だろう」

宇田桐が言い切る。

竜司は頷いた。

現場に携わる者の〝勘〟は侮《あなど》れない。特に、宇田桐のように、慎重で冷静な男の勘は、ある種、確信に近い。

検挙の際は、確固たる証拠が必要だが、捜査過程では可能性を潰していくことも大事だ。

竜司は、宇田桐の勘に賭《か》けてみることにした。

「どうする気だ？」

「今度入るクリスタル細工は、いったんマルオ倉庫を経由して、搬出させる。そうすれば、現物も押さえられるし、作業場も判明する。作業現場を特定したら、一両日中に関係者を含めて一斉検挙する。ブツはおまえに託すから、その流れを追って、作業現場を特定してもらいたいと思っているのだが？」

「わかった。部長への連絡はどうする？」

「作業現場を視認した時点で連絡を入れよう。データだけで動くのは危ない。確証を得る前に、連中に悟られては元も子もないからな」

「相変わらず慎重だが、それも理だ。そうしよう」

竜司は強く頷いた。


宇田桐が帰った後、竜司は、イタリア製家具の搬出の手続きを終え、事務所へ足を運んだ。

「黒田さん。輸入家具の搬出、手配しました」

「ご苦労だったね」

「それで、ちょっと明日以降の搬出品について変更がありますので、予定品目の確認をしたいんですが」

「そうだな。パソコンの使い方はわかるか？」

「まあ、なんとなく」

「私のデスクのパソコンに、管理品目のリストがある。それで確認してくれ。私はこれから、本社へ出向かなければならないのでね」

「わかりました」

「くれぐれも、扱いには気をつけてくれよ。バックアップは取ってあるが、データが飛ぶと厄介なことになるから」

「任せてください」

黒田は頷き、ビジネスバッグを携え、足早に事務所を出た。

黒田を見送り、竜司はほくそ笑んだ。

プライベートオフィスに出入り自由とは、ずいぶんと信用されたものだ。

矢部がいない今、竜司は大事な仕切り役であると同時に、黒田にとって護衛要員でもある。それだけに黒田からの待遇も厚く、後ろ盾を得て、さらに倉庫内での力は増した。これが、仕切り役の旨味らしい。

どうりで、誰もがこの地位に憧れ、渇望するはずだと、竜司は改めて思った。

オフィスに入った。イスに座り、パソコンのスイッチを入れる。

管理品目リストのファイルはデスクトップにあった。開いてみる。そこには、様々な品の搬入搬出された日付と納入場所が記されていた。

竜司は検索をかけ、クリスタル細工の情報だけを検出し、データを並べてみた。

クリスタル細工はすべて、南青山の〈ダブルクロス〉という店に納入されている。

「ダブルクロスだと？　どこまでふざけた連中だ」

竜司は思わず独りごちた。

ダブルクロスというのも、覚醒剤を表す隠語だった。

クリスタル細工の製造元は、カリフォルニア州だった。品物はカナダ経由で輸入され、その日のうちに店へ搬出されている。

クリスタル細工を運ぶトラックのナンバーは決まって〝五〇三〟だった。ドライバーも吉見《よしみ》という男の名前ばかり。

竜司は、エクスプローラを開いて、従業員名簿を探し、開いた。吉見というドライバーを検索し、表示する。

吉見一成《かずなり》という名前だった。ほっそりとしたネズミのような顔をした男だ。仕切り役を務める竜司は、たいがいのドライバーの顔を知っていたが、吉見は一度も見たことがない。

運び専門というわけか――。

竜司は、ポケットからＵＳＢを取り出した。

関係するデータは落としておくつもりだった。竜司たちが踏み込む前に、データを消去されるのはうまくない。

ＵＳＢを本体ケースの背面にあるジャックに差し込み、必要データのコピーをダウンロードする。

竜司は情報の取得に没頭するあまり、自分の様子を覗き見ていた陰の存在に気づかなかった。

明け方。仕事を終えた作業員たちが倉庫をあとにする。竜司は交流を図るべく、作業員たちを誘った。これもまた、仕切り役の大事な仕事だ。

和賀の姿が見えた。

「和賀。おまえもどうだ？」

竜司は声をかけた。

清掃担当者とはいえ、マルオ倉庫の従業員でもある。失脚した者に温情を見せるのもまた、上に立つ者の大事な仕事だ。

「いえ。俺はまだ、掃除が残ってますんで」

和賀は顔を伏せたまま、竜司に背を向けた。

「そうか。では、またな」

竜司は和賀を残し、従業員を引き連れ、倉庫を出た。

和賀は竜司の背中を睥睨《へいげい》した。

「せいぜい、今のうちにデカい顔してろ」

口辺を歪め、隣ビルの黒田のオフィスへ向かった。

7

いよいよ、宇田桐が調べてきたクリスタル細工が搬入される日となった。本日の午後十時に船が到着する予定だった。

明日は、亜也の誕生日だった。旅行には出かけられなかったが、早く片づけば、バースデーケーキの一つも買って帰れるかもしれない。

すべて、順調に事が推移すれば、の話だが……。

その日、黒田は朝から落ち着きがなかった。一言一言が上擦《うわず》り、顔が強ばっている。

「竜司くん！　クリスタル細工はまだか」

「黒田さん。到着予定まで、あと一時間もあるんですよ」

「そうだった。そうだったな。荷物に損傷のないよう、くれぐれも、くれぐれも慎重に扱ってくれよ」

黒田は、朝から何度も倉庫に顔を出しては、同じセリフを繰り返していた。

わかりやすい男だった。そのわかりやすさが、かえってクリスタル細工の正体を教えてくれた。

間違いなく、ブツだ——。

時を待ちながら、通常業務をこなしていると、五〇三号車が入ってきた。

フロントガラスの奥を一瞥する。ネズミ顔の吉見が運転しているはずだった。

が……。

五〇三号車の運転席にいたのは、矢部だった。

「よお、竜司。久しぶりだな」

「おまえ、なぜ運転手なんかしてるんだ？」

「俺には、デスクワークは向かねえなんて、本社の人事がぬかしやがってよ。結局また、肉体労働に逆戻りだ。まあ、俺も体がなまってたんで、いい運動にはなってるんだがな」

矢部が豪快に笑う。

竜司は笑みを返しながら、まずいな……と思った。

おそらく、矢部は搬送物の中身を知らない。だが、運搬トラックを運転していれば、矢部も関係者として逮捕されてしまう。

ドライバーになったのはともかく、五〇三号のドライバーに指名されるとは。それも矢部の運命なのかと思うと、少々気の毒ではある。

一方で、竜司は別のことが気にかかった。

なぜ、ドライバーを替えてきたのか。

データを見る限り、これまで五〇三号車のドライバーは吉見が専任していた。それには何らかの理由があるはずだ。

今日に限ってどうして……。

胸騒ぎがした。現場で培《つちか》った勘が、そこはかとない危険を囁《ささや》く。

しかし、今日を逃せば、今度いつチャンスが巡ってくるか、わからない。

用心に越したことはなさそうだな。

竜司は矢部と談笑しながらも、神経を研ぎ澄ませた。


一時間後。午後十時に目的の荷物が到着した。陸揚げされた荷物は、倉庫に納めることなく、トラックに載せられた。

ダンボール箱にして十個ほどの荷物。たいした量ではない。が、黒田は自ら先頭に立ち、荷揚げから積み込みまでを指示した。

搬出表にサインをする竜司に、矢部が語りかけた。

「竜司。また今度、ゆっくり飲もうぜ。サラリーマンはムチャやらねえから、おもしろくねえんだよ」

「いつでも言えよ。その代わり、街中でムチャはごめんだぞ」

「わかってるよ。じゃあな」

矢部がトラックを動かそうとした。すると、黒田が矢部を引き止めた。

「矢部くん。竜司くんを一緒に連れていってくれ」

「どうしてです、黒田さん？」

竜司が訊いた。

「この荷物は、大事なものなんだ。私たちの会社の誰かが搬入を見届けなければならない。本来なら私が行くところなんだが、ちょっと別の客のところへ行かなくてはならなくなってね。なので、君に見届けてほしい。君なら責任ある立場だから、信用できる。頼んだよ。これは業務命令だ」

「わかりました。ですが、その間の搬出作業管理はどうするんですか？」

「和賀くんにやってもらう」

「和賀に？」

「彼も長いから、仕切りはわかってる。心配はいらんよ。それより早くその荷を届けてくれ」

黒田が急《せ》かす。

ますます嫌な感じがする。できれば、矢部を巻き込みたくない……と思うが、ここへ来てはどうにもならない。

竜司はトラックに乗りこんだ。

助手席に座ると、矢部はゆっくりとアクセルを踏み込んだ。トラックが動きだす。

「なあ、竜司。俺が載せてる荷は、そんなに大事なものなのか？」

「さあ。俺にもわからん」

竜司はとぼけた。

8

ダブルクロスは、外苑《がいえん》西通りを左に折れた住宅街の片隅にあった。駐車場跡の広い敷地にプレハブの建物と倉庫が並んでいる。

飾り気のない店だが、住宅街の中にある隠れ家的店としては、それなりの雰囲気を醸《かも》している。

トラックは奥まった広い敷地内に滑り込み、停まった。

エンジン音が消えると、たちまち静寂に包まれた。

午前〇時に近い真夜中。周りの住宅はすっかり眠りに就いている。

「竜司。先に行って、中の人に搬入すると伝えて来てくれよ。俺は、荷出しの準備をしとくから」

「わかった」

竜司は伝票ボードを握ってトラックを降り、ガラス細工が並んでいる店のほうへ、近づいた。

サッシを開けて、中を覗く。ガラス細工のショーケースは、入口にしかなかった。その奥はがらんどう。何もない部屋は、間接照明でぼんやりと照らされていた。

部屋の中央に、ロープで後ろ手に縛られた男が倒れていた。

「ううう……」

男が呻きを漏らし、顔を上げた。

途端、竜司の眼に緊張が走った。

「宇田桐！」

ショーケースを飛び越え、宇田桐の下へ駆け寄る。

「大丈夫か！」

「影野……」

宇田桐の顔は岩のように腫《は》れ上がっていた。ワイシャツは引き裂かれ、胸板には、角材で殴られたような痣《あざ》が無数に走っている。

竜司は、宇田桐のロープを解いた。宇田桐は身体を起こそうと手をついたが、肘が折れ、上体が沈んだ。

宇田桐の背に手を回し、上半身を支える。

「何があった？」

「失敗だ……バレた」

「なぜだ」

「てめえのせいだよ、竜司」

背後から声がした。

振り向く。

ショーケースの向こうに、矢部がいた。竜司を見据えている。銃を握っていた。銃口はまっすぐ竜司に向けられていた。

その後ろから、黒田と和賀が顔を出した。

和賀が矢部の脇に立った。

「見たんだよ、俺が。てめえが黒田さんのパソコンから、何か盗んでいたのをな」

和賀は勝ち誇ったように笑い声を立てた。

黒田が矢部と和賀の間に歩み出た。凹《へこ》んだギョロ眼を剝き、竜司を睨みつける。そこには黒田の裏の顔が表出していた。

「私たちは、この時期ピリピリしてるんだ。だから、不審人物については、すぐに徹底調査をする。それでわかったんだよ。君が竜司守ではなく、組対の影野竜司だってことがね。ただ者ではないとは思っていたが、まさか組対のデカだとはな。君を入れたおかげで、私は会長から大目玉を食らってしまったよ。まったく、迷惑な話だ」

黒田は言葉を吐き捨てた。

「竜司。てめえがサツだとは思わなかったぜ。俺はな、ウソつきとサツぐらい嫌いなモンはねえんだ。見損なったぜ」

矢部が引き金を絞った。

その時だった。

宇田桐が渾身《こんしん》の力を振り絞り、竜司に体当たりした。竜司は弾き飛ばされた。

銃声が轟《とどろ》いた。弾丸は、宇田桐の腹部を貫いた。

「ぐうっ！」

「宇田桐！」

「影野……逃げろ！」

宇田桐は立ち上がり、矢部に向かって走り出した。

「この死にぞこないが！」

矢部は宇田桐に向けて、銃を放った。

手元に余計な力が入るのか、思うように弾が当たらない。

宇田桐はショーケースを飛び越え、矢部に体ごとぶち当たった。矢部と宇田桐の体が折り重なり、サッシ戸を突き破った。

ガラスが砕ける音と同時に、くぐもった銃声が響いた。

「宇田桐！」

竜司は二人を見た。

矢部の上に宇田桐がのしかかっていた。腹部のあたりに硝煙が漂う。

銃弾は再び、宇田桐の腹部を抉ったようだが、確認できない。その余裕もない。

宇田桐と矢部の二人は、プレハブの前で重なり合ったまま動かなかった。

「貴様ら……」

竜司は眉を逆立てた。

黒田と和賀はたじろぎ、眦《まなじり》を引きつらせている。

二人が同時に踵《きびす》を返す。

竜司は、ショーケースを飛び越えた。

黒田と和賀が駐車場に走る。その姿を捉え、竜司がプレハブを出た瞬間だった。

プレハブ小屋が爆発した。轟音《ごうおん》と共に火柱が噴き上がる。

爆風が竜司の背を吹き飛ばした。浮き上がった竜司は、アスファルトに強く胸を打ちつけた。

爆発は二度、三度と続いた。竜司は伏せたまま頭を抱えた。

その隙に、黒田はトラックに乗り込んだ。アクセルを踏み込み、タイヤを鳴らして、現場から離れていく。

トラックに気づいたが、凄まじい爆発に身を起こすこともままならない。

顔を少し上げ、宇田桐のほうを見た。矢部と宇田桐の体が炎に包まれそうになる。

「宇田桐！」

竜司は立ち上がった。熱風に晒される。髪の端がチリッと焼ける。それでもかまわず、宇田桐の下に駆け寄ろうとした。

その時、ひときわ大きな爆発が起きた。

竜司は、両腕で顔をカバーした。再び爆風に吹き飛ばされ、背中を強かに打った。

息が詰まり、顔をしかめる。

竜司は肘をついて、上体を起こした。

宇田桐のいた場所を見やる。宇田桐と矢部が倒れていた場所には、倒壊したプレハブの瓦礫《がれき》が積もっていた。

軋《きし》む身体を起こし、近づこうとする。しかし、炎の勢いがひどく、近寄れない。

竜司は、口唇を嚙み締めた。

「ううう……」

呻き声が聞こえた。

振り返ると、やはり爆風に飛ばされた和賀が、地面を這っていた。

和賀の下へ歩み寄る。和賀は虫のように這い、逃げようとした。

竜司は和賀の背中を踏みつけた。屈《かが》んで、髪の毛をつかむ。そして、二度三度と和賀の頭をアスファルトに叩きつけた。

和賀がくぐもった悲鳴をこぼした。顔を上げさせる。鼻は潰れ、前歯は折れ、おびただしい血糊が口元を紅く彩った。

「志道会のシャブはどこにある?」

「知らねえ……」

竜司は再び、和賀の顔面を地面に叩きつけた。

和賀の鼻腔の奥から鮮血が噴き出した。灰色の路面がどす黒く染まる。

「シャブはどこだ!」

「へへ……シャブより、てめえの家の心配でもしたらどうだ?」

「何?」

竜司が顔色を変えた。

「てめえのヤサはつかんでるんだ」

「くそったれ!」

和賀の顔面を砕けるほど強くアスファルトに叩きつける。

和賀は血塊を吐き、白目を剝いた。

竜司は炎を背に、その場から駆け出した。

9

プレハブ小屋を離れた竜司は、路上に飛び出した。白いメタリックのセダンが走ってくる。

車は、竜司の姿に気づいて、急ブレーキを踏んだ。

間に合わない。竜司の体がボンネットに跳ね上がる。フロントガラスに叩きつけられた。

車は横滑りをして停まった。竜司が路上に投げ出される。それでもすぐに立ち上がり、運転席のドアを開けた。

「な、何なんだよ、あんた……」

「退《ど》け！」

竜司は、運転していた男を引きずり出し、シートに乗りこんだ。

アクセルを踏む。タイヤが白煙を上げ、車は急発進した。

サイドボードに目をやった。携帯電話がある。携帯をつかみ、自宅の番号を押した。

二回、三回。発信音のあと、電話口に人が出た。

「もしもし、美雪か！」

――あなた。仕事は終わったの？

「今すぐそこを出ろ！　亜也を連れて出るんだ！」

――えっ？

「いいから出ろ！　早く――」

言葉が終わらないうちだった。

電話口から激しい爆音が響いた。

――きゃっ！

電話の向こうで、美雪の悲鳴が聞こえた。そして、通信が途絶える。

「美雪！　どうした、美雪！」

喚《わめ》くが、電話からは切断音しか聞こえない。

竜司はスピードを上げ、家へ急いだ。

到着したのは、三十分後だった。遠い夜空が赤々と燃えている。自宅マンションへ近づくにつれ、人垣が増えた。

竜司は、手前で車を停め、飛び出した。人を押しのけ、マンションへ走る。

ようやくマンション前に出た。

目に映ったのは、酷《むご》たらしい惨状だった。

マンションの前面は爆破で抉れていた。玄関脇には、燃えさかるトラックの残骸《ざんがい》が転がっている。マンションの部屋という部屋の窓ガラスが吹き飛び、建物全体が炎に包まれている。

被害は、周辺の住宅にまで及んでいた。

「美雪！　亜也！」

消防署員の間を縫い、マンションへ飛びこもうとした。

「君、危ない！」

「妻がいるんだ！　娘がいるんだ！」

「無駄だ！　離れて！　危ないから！」

「放せ、放せ！」

消防署員を振り払おうとする。が、三人の男に取り押さえられ、現場から引き離される。

その腕を払い、なおもマンションへ駆け込もうとしたときだった。

地響きがした。

支柱を失ったマンションが崩れ始める。

「全員退去！」

消防士の怒号が響いた。

消防署員数名が竜司を捕まえ、強引に引き離した。

マンションは火の粉と砂塵《さじん》を巻き上げ、倒壊していく。

「美雪！　亜也！」

竜司は、崩れ落ちるマンションに向かって叫び続けた。


翌日の夕刻。竜司は警察病院の霊安室にいた。

目の前には、二つの遺体が安置されていた。大人の遺体は真っ黒に焼け焦げ、右腕と左足を失っていた。小さな子どもの遺体は左半身が焼けているものの、顔は焼けていなかった。しかし、その顔には恐怖がこびりつき、悲愴な表情で固まっていた。

竜司の頭や手には包帯が巻かれていた。服は煤《すす》に汚れたまま。丸イスに座り、両肩を落とし、虚《うつ》ろな眼でただただ二つの遺体を見つめていた。

瀬田から、詳細を聞かされた。

昨晩、自宅マンションにトラックが突っ込んだ。トラックの荷台には黒色火薬が詰め込まれていて、玄関へ突っ込んだと同時に爆発した。

凄まじい爆発は、マンションの前面を吹き飛ばし、たちまち建物を業火《ごうか》に包んだ。

寝静まっていた住人に、逃げる間はなかった。

倒壊した現場からは、住人の亡骸《なきがら》が次々と発見された。

犯人の目的、背景は、現在所轄署と組対本部が全力を挙げて、捜査しているという。

しかし、竜司には犯人が誰であろうと関係なかった。

大切な家族を失った。

その事実だけが、重くのしかかっていた。

スライドドアが静かに開いた。

大柄の男が顔を覗かせる。

「影野……」

竜司は首を少しだけ傾けた。

楢山誠吾《せいご》。警察学校の同期だ。宇田桐と竜司、楢山は警察学校の時代から、いつも三人でつるんでいた。

卒業後、宇田桐と竜司は本庁の組対部へ配属されたのに対し、楢山は本庁勤務を断わり、所轄に回った。だが、その手腕は十二分に組対部でも通用する。

本庁と所轄に分かれ、お互い、仕事が忙しく、なかなか会う機会もなかったが、竜司にとって、気の置けない数少ない友人の一人でもあった。

楢山はベッドの脇に立ち、二人の遺体に手を合わせた。

丸イスを取り、竜司の横に腰かける。

「今日は、亜也ちゃんの誕生日だったな」

楢山が言った。

竜司は、太腿の上で拳を握りしめた。歯を食いしばる。肩が震える。
「俺が……殺しちまった」
竜司の眼に涙がにじんだ。
太腿を叩いた。涙粒がこぼれ出る。いったん溢れだした涙は止まらなかった。
竜司は慟哭《どうこく》した。
後にも先にも、人目を憚《はばか》らず泣いたのは、この時が最初で最後だ。
楢山は竜司の肩を握った。
しばらく、言葉が出なかった。
竜司がこんなにも哀しみをあらわにした姿を見たことがなかった。
慰めの言葉が見つからない。
楢山は、竜司の肩を強く握った。
「おまえが殺したんじゃない。殺ったのは、志道会の連中だ」
楢山は言った。
竜司の嗚咽《おえつ》が、ふっと止んだ。
やおら、顔を上げる。
虚ろだった両眼に怒気が宿る。
「裏は取れたのか？」

「トラックから投げ出された男の遺体の指紋を照合した。元志道会構成員の須藤《すどう》という男だった」

「命令したのは、会長の柳沢か？」

「わからんが、須藤はしのぎで下手を打ち、志道会で飼い殺されていた。自爆行為を強要されても不思議ではない立場にあったのは確かだな」

「そうか……」

竜司はふらりと立ち上がった。

楢山も立ち上がり、竜司の肩をつかむ。

「妙なことを考えるな。今度こそ、志道会を追い込める。本庁と所轄に任せておけ」

竜司は楢山の手を静かに押し離した。笑みを覗かせる。

「トイレぐらい行かせろ。心配なら、連れションするか？」

「女子高生でもあるまいし――」

微笑みを返した瞬間、竜司の拳が楢山の鳩尾にめり込んだ。不意を突かれ、楢山が膝を崩す。

竜司は両手の指を組み、楢山の延髄《えんずい》に振り下ろした。

楢山は眼を剝き、そのまま前のめって気絶した。

「すまんな」

檜山に詫び、美雪と亜也の遺体に目を向ける。

「美雪。俺も仕事を済ませたら、すぐそっちへ行く。亜也のバースデーパーティーの用意をしておいてくれ」

そう言い、霊安室を後にした。


竜司は、志道会の組事務所までやってきた。

傷ついた身体は癒えていない。が、今は怒りのあまり、痛みを感じない。病院を出たとき、包帯もすべて外した。

事務所前には、見張りの若い組員が一人立っていた。

竜司は、黙って近づいた。

「なんだ、オッサン」

煤まみれの作業着を身につけ、顔や手に血の塊がこびりついている竜司を見やり、組員は怪訝《けげん》そうに声をかけた。

「柳沢はどこだ」

「何だと？　寝ぼけてんのか？」

組員は冷笑し、竜司の髪の毛をつかんだ。

瞬間、竜司は組員の腹部に強烈なパンチを見舞った。

「ぐふぅ……」

前のめりになった組員の髪の毛をつかみ、壁に頭を打ちつける。鈍い音が響いた。竜司は容赦なく組員を痛めつけた。

「柳沢はどこだ?」

「こ、ここに……」

組員は壁に顔を擦りつけ、ズルズルと崩れ落ちた。

ドアを開け、狭い階段を上がっていく。急な階段を上がった先に入口がある。竜司はドアの前に立ち、蹴破った。

「何だ!」

手前の部屋にいた組員たちが、色めきたった。五、六人はいる。

竜司は、手前にいた一人に、いきなり殴りかかった。

突如襲われ、その組員は避《よ》けることができなかった。顎先にもろにパンチを食らった男は、首をねじって脳震盪《のうしんとう》を起こし、糸の切れた操り人形のごとく真下に崩れた。

「どこのモンだ、てめえ!」

組員二人が、間合いを詰めてくる。

竜司は、入口脇のサイドテーブルに飾ってあった花瓶を取った。右から近づいてきた組員の頭を殴る。

花瓶は組員の頭をかち割り、砕けた。組員の左側頭部から血がしぶいた。組員は頭を押さえ、うずくまった。

間髪《かんはつ》を入れず、左から近づいてきた男に、割れた花瓶の切っ先を突き出した。

男の顔に花瓶が刺さった。眼球が潰れ、頬肉が抉れる。男は喚声《かんせい》を上げ、顔を押さえてもんどり打った。

部屋の奥にいた組員が日本刀を抜いた。

「死ねや！」

竜司めがけて振り下ろす。

半身を切って、刃《やいば》をかわす。勢いの余った刃がソファーの背に刺さる。竜司は男の脇腹に蹴りを見舞った。

レバーを抉られた男は、身をくねらせて苦しんだ。男の手が刀から離れる。

竜司は柄《つか》を握って、刺さった刀を引き抜いた。苦しがる男の背中を斬りつける。

「うぎゃっ！」

男の衣服がざっくりと裂け、血肉がめくれた。戦意を失った男は、逃げるように壁の隅へと這った。

竜司は、部屋に残っているもう一人の男を見据えた。

「く、来るな……」

男は銃を構えていた。腰を落とし、グリップを両手で握り、銃口を竜司に向けている。震えているせいか、照準が定まらない。男はおののき、失禁していた。

竜司は刀の峰を右肩に乗せ、近づいた。

「来るな！」

男が引き金を引いた。銃弾が頬を掠《かす》める。が、今の竜司には痛くも痒《かゆ》くもない。

肩に乗せた刀を振り下ろした。

男の両手首が落ちた。転がった手には、銃が握られたままだ。

両手を失った男は、自分の腕を見てひきつれた声を漏らし、失神した。

竜司は転がった男の手首を踏みつけ、その手から銃を取り、つかみ上げた。

奥の部屋の扉の前に立つ。鍵穴に向けて、銃を放つ。硝煙が漂う。銃弾はドアノブを砕いた。

ドアを蹴破る。すぐ手前に銃口を向けている男がいた。竜司はとっさにドアの脇に隠れた。

男が銃を放った。的を失った銃弾がソファーや窓ガラスを砕く。銃声がやんだところを狙い、竜司は中へ飛び込んだ。

目の前に現われた人影に、刀を振り下ろす。

「はぎゃっ！」

黒田だった。

切っ先は黒田の顔をメガネごと斜めに斬り裂いた。体が揺らいだ。目を見開いたまま、俯《うつぶ》せに倒れ込む。

その先に人影があった。

竜司は、部屋の奥に構えた黒檀《こくたん》の高級机の向こうを見据えた。

志道会会長の柳沢がいた。背もたれの高い椅子に深々と腰かけ、ヒゲを蓄えた口元に余裕の笑みを滲ませる。

その手には銃が握られていた。

「おまえが、影野竜司か」

竜司はギリッと奥歯を噛んだ。

「私は、他の連中みたいに銃の扱いに不慣れなわけじゃない。少しでも動けば、おまえの脳天を撃ち抜く」

「やってみろ」

竜司は動いた。

柳沢が引き金を引く。

瞬間、竜司は身を沈めた。銃弾は、頭皮を掠めただけだった。

「な、何！」

柳沢は、豹《ひょう》のような竜司の動きを目の当たりにし、狼狽《ろうばい》した。銃口を向けて、引き金を引く。銃弾は、竜司の左肩を抉った。柳沢の目元に笑みが浮かぶ。

しかし、竜司はたじろぎもせず、襲いかかった。

柳沢は色を失った。

竜司は机を飛び越えた。椅子ごと柳沢をなぎ倒す。柳沢の手が背後の窓枠に当たる。手から銃がこぼれた。

フロアに倒れた柳沢は、床に落ちた銃に手を伸ばした。

竜司は上体をすばやく起こし、日本刀の切っ先で柳沢の手の甲を突き刺した。

「ぎゃっ！」

柳沢が叫声を放った。

竜司は銃を拾った。柳沢の右二の腕に押しつけ、引き金を引く。柳沢は苦痛に表情を歪めた。

立ち上がった竜司は、両太腿も撃ち抜いた。柳沢は、のたうち回った。

血に濡《ぬ》れた右手を掲げる。

「ま、待て……。取引をしよう。おまえの好きなものをくれてやる。金でも、シマでも。何なら警視総監のイスもくれてやる。だから、私の命は助けろ！」

泣訴《きゅうそ》する。

竜司は冷ややかに見下した。

「俺がほしいものは、一つだけだ」

手の甲から抜いた刀の切っ先を柳沢の喉仏に突き立てた。

「おまえだけは許さない。この首をもらっていく」

じわじわと切っ先を沈める。

柳沢が目を剝いた。眦が苦痛と恐怖に血走り、震える。唇が生気を失っていく。

竜司は、柳沢が苦しむ表情を冷徹に見据え、刀を深く突き入れた。


志道会本部を襲ったその足で、組対本部に戻った。

竜司の姿を見た瀬田は、イスから立ち上がった。楢山の姿もある。が、竜司の異様な姿を見て、瀬田も楢山も、他の部員も誰一人、声をかけられなかった。

竜司は、組対部員の間を通って、瀬田の前に出た。ポケットからUSBを出し、机に投げた。

「志道会が築いたマルオ倉庫と柳沢通運のドラッグ密売ルートのデータです。あとは、頼みます」

「どういうことだね？」

「事件は終わりました」

抱えていた袋を机の上に置いた。

瀬田は、その袋を開けた。途端、両眼が強ばった。

「うっ……これは！」

周りにいた組対部員も顔を強ばらせた。

机に置かれたのは、切り落とされた柳沢の首だった。

竜司は瀬田に背を向け、本部を出ようとした。その眼は再び、虚ろなものとなっていた。

楢山は、その変化を見逃さなかった。

「影野――」

声をかける。

竜司がおもむろに顔を上げた。

瞬間、楢山の大きな拳が竜司の鳩尾を抉った。

竜司の踵が浮き上がった。目を剝き、胃液を吐き出す。竜司は膝から崩れ落ち、絶入した。

楢山は竜司の腕をねじ上げ、後ろ手に手錠を掛けた。近くにあったタオルを取り、猿ぐつわを噛ませる。

「楢山君！」

瀬田が怒鳴った。楢山が振り返る。

「瀬田さん。しばらく、こいつに監視を付けといてください。こいつ、死にますよ」

言い残し、本部を去った。


その後、竜司は逮捕され、殺人罪で七年間投獄された——。

10

「美雪——」

いつのまにか寝入っていた竜司は、机の上で身を起こした。

また、あの頃の夢を見ちまったな……。

竜司の襟首は汗で濡れていた。窓からは、まだ陽が射し込んでいる。眠っていたのは、一、二時間ぐらいのようだった。

立ちあがった竜司は、冷蔵庫からミネラルウォーターを取り出した。渇いた喉に冷えた水を流しこむ。若干口の中に残っていた酒気が消えた。

竜司がビールを飲むのは、主に正午前後だ。夜には仕事で出かけなければならないこと

ただろう。
十年前、唯一の死期を逸《いっ》した。楢山に止められていなければ、今頃はこの世にいなかっ
死ねるものなら、死んでしまいたい。だが、死ねない。
いつまで、この過去を引きずって生きていくのだろう。自分でも思う。
手の甲で口元を拭《ぬぐ》う。
「ふう……」
が多い。そのために、夕方には酒気が抜けるよう、自己管理をしている。

正気に戻り、事件のあらましを振り返られるようになると、竜司は死ねなくなった。

自分が犯した過《あやま》ちで、妻が死に、娘が死に、親友が死んだ。さらに、同じマンションで
暮らしていた関係のない一般市民まで、巻き添えにしてしまった。

宇田桐の遺体は見つからなかった。竜司が去った後の爆発で肉体は消失したようだった。

それほどまでに、爆破を繰り返した現場には肉片が四散していた。

現場で発見されたのは、肘から下の左腕だけだった。たった一本の腕だけが、宇田桐が
そこに息づいていたことの証《あかし》となった。

親友に、肉体が消失するほどの酷い死を与えたのも、すべて自分のせいだった。

それほどの罪。とても竜司一人の命で償い切れるものではない。

生きたまま責め苦を受け続けること。それが唯一、自分にできる贖罪《しょくざい》だ。

竜司は、いつからかそう思うようになり、生きてそしりを受け続ける道を選んだ。

ミネラルウォーターを半分ほど飲むと、そのまま頭にかけた。

ひんやりとして心地がいい。こうすると、少しだけ過去の呪縛から解かれ、現実へと引き戻される。

ミチに頼まれたことを思い出した。

「隣のアパートの外人に、注意でもしてくるか」

竜司は濡れたシャツを脱ぎ、頭を拭《ふ》いた。タンス代わりのスチールケースを開け、中から適当なTシャツを取り出し、かぶる。

その時、デスクの電話が鳴った。

竜司はシャツの裾を整え、受話器を取った。

「はい、トラブルシューター」

――お願いです、助けてください！

若い男の声だ。その声は、切迫していた。

「用件は？」

短く切り出した。

――妹が、売春させられてるんです！

男の声から察するに、その妹ということは、十五、六だろうか。

竜司の鼻が、きな臭い犯罪のニオイを嗅《か》ぎ取った。

「わかった。今から会おう」

第二章　新たなる悪夢

1

オフィスを出た竜司は、バイクで新宿中央公園に来ていた。電話をしてきた若い男は、滝の前で待っていると言った。

竜司は普段、昼間はほとんど家から出ない。陽の高いうちは家に籠《こ》もり、夜になるとどこからともなく現われて、依頼を片づける。

闇で蠢《うごめ》くその様から、いつしか〝もぐら〟と呼ばれるようになった。

手のひらで陽光をさえぎり、目を細めながら、滝のほうに近づいた。すると、相手の方から竜司を見つけ、駆け寄ってきた。

「影野さんですか？」

「南《みなみ》修輔《しゅうすけ》君だね」

「はい」

男は頷いた。

背は高く、半袖からはみ出た腕には程よい筋肉がついている。その筋肉に無駄がなさすぎて、一見線が細く見える。

サラサラの前髪を額にたらしている。目鼻立ちははっきりしているが、くどくない。インパクトはないが、優しそうで、育ちも良さそうで、どこか涼しげな雰囲気のある男だった。

「さっそくだが、依頼の件を聞こうか」

「はい。高校二年生の妹がいるんですが、このところ、どうもふさぎがちだったもんで、おかしいなと思って、理由を聞いてみたんです。そうしたら、売春させられていると……」

「詳しく話してもらえるか」

「妹の話では、渋谷に一人で買い物に行った時、いきなり渋谷にたむろしている不良グループに拉致《らち》されて、ドラッグを打たれ、レイプされ、そのシーンをビデオに撮られて、それをネタに売春を強要されて――」

修輔はいたたまれず、顔をうつむけた。

無理もない。妹がオモチャにされているのだ。聞いている竜司も胸が痛くなる。

少年犯罪は、年を追うごとに低年齢化、凶悪化している。今では、大人たちの犯罪と変わりない。いや、それ以上だ。素人のくせに、極道顔負けの犯罪を行なう。

「その不良グループというのは？」

「正体はわかりませんが、円山町《まるやまちょう》のホテル街の一角にあるクラブ周辺にたむろしているという噂は聞いたことがあります」

「店の名前はわかるか？」

「それは……。妹も言えないみたいで」

「グループ名は？」

「そいつらは〝クランク〟と名乗っているらしいです」

修輔が言う。

また、ドラッグの名前か……。

竜司は眉根《まゆね》を寄せた。クランクは、元気がいいといった意味の言葉だが、覚醒剤の隠語としても使われる。

何が楽しくて、そんな名前でアウトローを気取っているのか。竜司には理解しがたい。

それに、薬物の話を聞くたびに、十年前、自分がしたことは何だったのだろうかと考えさせられる。

覚醒剤事案は一向に減らない。どころか、ドラッグの餌食《えじき》になる人たちの年齢は、年々低下している。

このいたちごっこは終わらないのか。そう思うと、虚しくなる。しかし、放っておくわけにもいかない。

「引き受けていただけますか？」

「即答はできない。裏を取ってからだ。おまえが騙《かた》っているとは思わんが、俺はやるときは徹底して潰すからな。自分で確信を持てない仕事はやらない」

「わかりました。判断は影野さんにお任せします。ただ急いでください。僕は、妹を見ていられないんです。本当なら、自分の力で解決できればいいんだろうけど――」

修輔は両手の拳を握り、震わせた。

竜司は、修輔の肩を軽く握った。

「こういうことには、向き不向きがある。ヘタに手を出せば、返り討ちに遭うだけだ。プロに任せておけ」

「ありがとうございます。そう言っていただけると心強いです。あの……緊急の連絡はどこに入れればいいですか？　携帯があれば、番号を――」

「携帯は持ってないんだ。何かあったときは留守電に入れておいてくれ」

「わかりました。よろしくお願いします」

修輔は何度も振り返っては頭を下げ、公園を後にした。

修輔の姿が見えなくなり、竜司は滝の脇にある階段に腰を下ろした。

さて、どうするかな……。

まずは、事実関係を確かめることが先決だ。クラングというグループが存在するのか。女の子たちを拉致して、薬漬けにし、売春をさせているといった事実が本当にあるのか。

竜司は、依頼人の身元を問わない。

竜司のような人間を頼るには、それなりの理由がある。そうでなければ、警察に行けばいいだけの話だ。

しかし、だからこそ、依頼案件の事実と背景を摑《つか》んでおく必要がある。

中には狂言だったり、竜司を利用しようとする者もいる。利用されても、犯罪集団を潰せれば、それはそれでいいのだが。

腕時計を見た。午後四時を回ったところ。

帰るのも面倒だ。

竜司は遅い昼食を摂《と》り、そのまま渋谷へ向かうことにした。

2

明治《めいじ》通りを右折し、渋谷駅前のスクランブル交差点へ来た。

午後六時を回った頃。まだ空は明るい。が、街のネオンは暮れなずむ空の明るさをかき消し、我が物顔で煌《きら》めいていた。

渋谷のハチ公前スクランブルは、とにかく人が多い。これから帰ろうとする者。遊びに来た者。中年から子供まで、あらゆる世代がひしめいている。

竜司は、人ごみを眺めながら右に折れ、道玄坂《どうげんざか》を国道２４６号に向け、上った。三百メートルほど進み、脇道を右へ入る。

一本路地を入ると、ラブホテル街が広がっている。円山町の一帯は都内でも有数のラブホテル街だ。林立するホテルの外観は、どこも小ぎれいに着飾っている。

その明かりに吸いこまれるように、若いカップルたちが人目をはばかることなく、入っていく。

ブームに乗り、ホテル街の西半分はクラブへと様相を変えたが、依然、都内有数のラブホ街であることにかわりはない。

竜司は、ホテル街の東端にある古い建物の前にバイクを停めた。

ビルなのか、ホテルなのかわからないほど、汚い。人がいるのかさえ疑わしいほど薄汚れた建物に、竜司は入った。

狭い階段を上がり、三階の部屋のドアを叩く。

「おい、起きろ。俺だ」

何度も叩くと、ドアがけだるそうに開いた。女性が顔を出した。薄紫のワンピーススタイルのルームウェア一枚といった無防備な格好だ。

「あら、めずらしい。竜司さんから訪ねてきてくれるなんて、どういう風の吹き回し？」

「ちょっと訊きたいことがあってな」

「ふうん。どうぞ、入って」

女性は、竜司を招き入れた。

女性の名前は紗由美《さゆみ》という。年は二十代後半。茶髪のミディアムヘアーで毛先をふんわりと巻いている。やわらかい髪型は、端整な顔つきに優しさを演出している。

紗由美は、街娼《がいしょう》を生業《なりわい》としている。身上は知らない。紗由美の出身地がどこなのか、街娼をするまでは何をしてきたのか、まったくわからない。

竜司は以前、彼女からトラブルの解決を依頼された。

一度だけ体を売った客からしつこく迫られ、最後は家にまで侵入してきて困るといった内容だった。

相手は、妻子持ち。今まで真面目一辺倒だった人間らしく、紗由美にちょっと優しくされたことを勘違いし、一方的な恋慕《れんぼ》に溺《おぼ》れた。

無理もないと思うところもある。

紗由美は街娼だが、裏の仕事に手を染めた者特有のすれたニオイがない。どこか品があり、普通のスーツを着ているときは、知的なＯＬと見まがうほどだ。

男が恋心を抱いてもおかしくはない。

そこまでならどこにでもある話だったが、家にまで入ってくるとなると、話は別だ。

自宅を仕事場にしていた紗由美にとって、度重なる男の侵入は営業妨害にもなる。再三、男をなだめすかし、事を収めようとしたが埒《らち》が明かず、竜司に依頼した。竜司は、相手の素行を徹底調査し、証拠を固め、今度、紗由美の家に侵入した事実がわかれば、会社から子供の学校にまで、ネタをバラまくと脅した。

サラリーマンは世間体《せけんてい》に弱い。それだけで、男はあっさり引き下がった。以来、渋谷界隈《かいわい》の情報がほしいときは、紗由美のもとを訪れている。

部屋の中に入った。六畳と四畳半しかない狭い場所は、紗由美の仕事場でもある。部屋はいつもきれいにしていた。隅々まで目配りできているあたりに、なんとなく紗由美の過去が窺《うかが》える。

が、竜司は彼女の生い立ちをあえて訊かない。

「何か飲む？」

「冷えた水をくれ」

「ビールじゃないの？」

「仕事中だからな。バイクを転がせないと困る」

「そういうちょっと真面目なところ、好きよ」

紗由美は微笑んだ。

冷蔵庫からペットボトルを取り、テーブルに置く。自分用のビールを取って、ドアを閉めた。

「でも、水だからって、頭にかけるのはやめてね。掃除したばかりだから」

「わかってる」

竜司は冷水を喉に流し込んだ。

隣に腰を下ろした紗由美はビールを含んだ。

小さな口唇がしっとりと濡れた。上向いた顎先からしたたる汗粒が、豊満な胸の谷間に落ち、消えていく。

紗由美はタオルを取り、胸を反らせて、谷間の汗を拭った。

竜司は一瞥した。が、さして気にすることもなく、冷水を呷《あお》った。

つれない竜司の態度に、紗由美はこっそり頬を膨らませた。

「で、今日は何？」

「クランクという名のグループの話を聞いたことはないか？」

「知ってるよ」

「どんなグループだ？」

「一言で言うなら、子どもの集まりかな。メンバーのほとんどが、十五、六歳の少年。仕切ってるのは、昔渋谷でギャングを気取ってた片岡《かたおか》という男。今、三十歳。ヤクザとつながってるって噂もある」

紗由美は、淡々と話した。

彼女は、渋谷のことなら、たいていのことは知っている。

「ヤサはどこだ?」

「宇田川町《うだがわちょう》寄りにある〈アッパーズ〉っていうクラブがたまり場らしいね」

紗由美はほつれた髪に手ぐしを通し、残ったビールを飲み干した。

「今度の相手はおこちゃま?」

「依頼があったんでな。依頼者の話が本当なら、歳はガキでもやってることはヤクザ顔負けだ。放ってはおけん。連中は、何かドラッグを扱っているか?」

「さあ。そこまではわからないけど、ヤクザとつながってるなら、可能性はあるんじゃない? ただ、あいつらが現われて、覚醒剤がらみの話が多くなったのは確かね」

「どんな話だ?」

「ダイエット薬の話。今までは高かったから、そうそう手を出す子もいなかったんだけど、このところ、一パケ五千円なんてドラッグも出回ってるらしいから」

「粗悪品か」

「わからない。アイスなんか純度が高いくせに値段は手ごろだったし」

「おまえ、ドラッグにやけに詳しいな。やってんじゃないだろうな?」

「バカ言わないで。こんな街に長くいれば、詳しくもなるよ」

「そうか。何にしても助かった」

竜司が立ち上がる。

「行くなら、十時過ぎがいいよ。クランクのメンバーが集まりだすのは遅いって話だから」

「ありがとう」

「ねえ、ホントに行っちゃうの？　たまには、ゆっくりしていってよ。ご飯作るから」

「また、今度な」

「もうっ！　いつもそれなんだから！」

膨《ふく》れる紗由美に微笑みかけ、竜司は部屋を出た。


竜司は、修輔とコンタクトを取り、彼が住んでいる阿佐ケ谷《あさがや》へ出向いた。

駅近くのファミリーレストランで軽く食事を摂りながら、竜司は紗由美から聞いたことをかいつまんで話した。

「そんな連中だったんですか……」

修輔は身を震わせた。

怯《おび》えるのも、もっともだ。一般人が関わるような相手ではない。また、普通に生きていれば、本来関わらなくて済む連中だ。

そんな裏の部分に呑《の》み込まれてしまった南兄妹が不憫《ふびん》だった。

「心配するな。おまえの妹は、必ず俺が助け出してやる」

「お願いします」

「妹さんの写真は持ってきたか？」

「あ、はい――」

修輔は、ショルダーバッグを開いた。

中から数枚の写真を取り出す。竜司は、渡された写真を見た。

かわいい女の子だった。ほっそりしていて、長くて黒いストレートヘアーは、磨いたガラスの表面のように艶《あで》やかだ。パッチリした瞳で微笑む様は実に愛くるしい。

「名前は？」

「亜弥です」

竜司は、名前を聞いて息を詰めた。亜弥の容姿が死んでいった娘と重なる。

「アヤという字は、亜細亜の亜に、也《なり》という字か？」

「ヤは、弥生《やよい》の弥ですけど。どうかしましたか？」

「いや……」

そこまで一緒のはずはないか。

一瞬でも依頼者の妹に死んだ娘の面影を追った自分が気恥ずかしくなり、自嘲《じちょう》した。

竜司は、改めて写真を見た。

亜弥の制服姿があった。襟に紺のステッチが入った真っ白なブレザーだった。

「亜弥ちゃんは、清流高校か？」

「そうです。よくわかりますね」

「仕事柄な」

竜司は、先日池袋で保護して、病院に入れた女の子のことを思い出した。

浅井和実も確か、清流高校だった。池袋と渋谷。偶然の一致だろうが、都内有数の進学校の女子生徒が二人も同時期に覚醒剤絡みの事件に巻き込まれるとは。

彼女たちに隙があったのかもしれない。しかし、問題の根本はそこではない。

ドラッグで儲けようとする連中がいるから、浅井和実や南亜弥のような犠牲者が跡を絶たないのだ。

元を徹底的に潰さなければ、連鎖は繰り返す。

「今日、彼女は？」

「電話がかかってきて、呼び出されたみたいで……。家を出たきりなんです」

「連中のところにいる可能性が高いな。亜弥ちゃんは俺が必ず保護する。そのあとのことは、俺には関係ない。ただ、これだけは言っておく。助け出したら、すぐ専門病院に入れろ。薬物依存症は、治せるうちに治しておかなければダメになってしまう。親御さんがなんと言おうと、おまえの力で病院へ送りこめ。わかったな」

「はい」

修輔は、まっすぐ竜司の目を見て頷いた。

「じゃあ、俺は行くから」

竜司は立ち上がった。

「引き受けてくれるんですね？」

「そういうことだ」

「あの……代金のことなんですが」

「ここのメシ代をおごってくれ。それで十分だ」

「でも、それじゃあ……」

「心配するな。取れる人間からは、ごっそりいただいてる。俺に払う金があるなら、妹さんの治療費にあててやれ」

「ありがとうございます」

修輔は立ち上がって、深く頭を下げた。

竜司は頷き、店を出た。

駐車場に行き、バイクにまたがった。フルフェイスのヘルメットをかぶる。バイザーを下ろした瞬間、竜司の目は鋭く光った。

3

円山町のホテル街の一角にあるクラブ〈アッパーズ〉には、早くもクランクのメンバーが集まっていた。

青を基調とした照明が揺れる薄暗い店内には、ドラムンベースが響いていた。フロアには白いモヤが漂う。DJブースの前で腰をくねらせている男女が、十名ほどいる。カウンターには、男が二人に女一人。黒いサテンの仕切りカーテンの奥に覗くボックス席には、銀髪の男とでっぷりとした男がいた。

「こら！　もっとうまくしゃぶれ！」

銀色に髪に染め上げた男が、亜弥の髪の毛をつかんで揺らした。

「んんんっ！」

亜弥は、痛みに呻いた。

全裸だった。四つん這いにさせられた亜弥の白い背中には、無数の青アザが這っている。

亜弥は、二人の男に挟まれていた。銀髪の男は壁にもたれて下半身を投げ出している。

亜弥の後ろにいるでっぷりした男は、小さなペニスをしつこく亜弥のアヌスにねじ込んでいた。

「もっと締めろ！」

太った男は、亜弥の尻をひっぱたきながら、腰を揺らした。

苦しくて呻く。口につい力がこもる。

「バカやろう！　嚙むんじゃねえ！」

銀髪の男が、亜弥の頭を思いっきり殴った。頭蓋骨《ずがいこつ》が鈍い音を立てる。

亜弥は、銀髪男のペニスを喉奥に詰まらせ、苦悶に顔をしかめ、ペニスを吐き出した。

「ホント、てめえはヘタすぎ」

銀髪男は、亜弥の髪の毛を引っ張って顔を起こさせ、頰に平手打ちを食らわせた。

「おい、ヤス。あまり手荒に扱うな。売りモンなんだから」

カウンターに座っている金色のスカジャンを着た男が言った。

「だってよ、片岡。こいつ、ヘタすぎ。こんなんじゃ、売りモンにならねえよ」

「そいつの容姿を見てみろ。か細くて、乳房は小さくて、下っ腹はちょっと膨れてて。ロリ好きには高く売れる。だから、顔は傷つけるな。その顔あってこそのロリだからな」

「ちっ！　つまんねえ」

ヤスと呼ばれた銀髪男は、亜弥から離れ、カウンターにいた女の子に近づいた。

「おまえ、来い！」

別の女の子の髪の毛を引っ張り、ボックス席まで連れていく。嫌がる女の子を拳で殴り、出しっぱなしのモノをしゃぶらせ始める。

「あいつも、しょうがねえな……」

片岡は、カウンターからボックス席を眺め、苦笑した。ジンを喉に流しこむ。

「片岡さん。ヤスの好きにさせといたら、女どもがぶっ壊れちまいますよ」

隣のモヒカン刈りの男が言った。

「そうなったら、また攫《さら》えばいいだろ」

片岡は、澄ました顔で言い、

「それより、例のブツを捌《さば》く手はずは整ってるのか？」

モヒカン男に訊いた。

「バッチリっす」

モヒカン男が丸いサングラスを押し上げる。

「ホントだろうな。パー券捌くのとは、わけが違う。失敗すりゃ、こっちが狙われるんだ」

「心配しないでくださいよ。今までもちゃんと捌いてるっしょ。いざとなりゃその辺のOLとか捕まえて、シャブ漬けにしてやりますから」

モヒカン男は口辺に下卑《げび》た笑みを浮かべた。

それでも片岡は落ち着かない。グラスに入ったジンを飲み干して、カウンターに置いてあったボトルを手に取った。

カウンターの中に店員はいる。が、片岡たちの様子は見ないフリをして、ひたすらグラスを拭いていた。

片岡は、ボトルのままジンを呷った。

今回の計画のために、若い連中を寄せ集め、まとめてきた。

女を拉致して、薬に漬けて、体を売らせ、金を荒稼ぎしていたのも、すべては今回の計画のため。稼いだ金でブツを手に入れて、一気に売り抜け、武器を手に入れ――。

その武器で、ここいらで大きな顔をしている組織を潰してしまえば、渋谷は完全に自分のものになる。

そうなれば、独占的にブツを捌いて、大儲けできる。

そのための第一歩。大量に仕入れたブツを大量に流し、短時間で売り抜くのが今夜からの計画だ。

失敗はできない。周りの組織が騒ぎ出す前に売り抜けて、いったん身をくらまさなければ、逆にこっちがその他の組織から的にかけられる。そうなれば、命がいくらあっても足りない。

絶対、失敗はできねえんだ……。

片岡は、ジンのボトルを握りしめ、宙を見据えた。

竜司はホテル街の中にバイクを停めた。狭い路地を右へ左へと進み、くすんだビルの前に出た。

「ここだな」

ブロック塀に立てられたブルーの看板に〈UPPERS〉と書かれている。

ヘルメットを外して右手に持ち、地下への階段を下った。短い階段を降り、鉄扉の前に立つ。

何のつもりか知らないが、扉一面に、スプレーで卑猥《ひわい》な英単語や下品な絵が隙間なく描かれている。

所轄がなぜ踏みこまないのか、不思議でならないほどすさんだニオイのする場所だった。

ドアを開けた。中から、タバコの臭いや、人間の汗の臭いが、ムンと漂ってくる。

奥へ進んだ。店内を見回しながら、亜弥の姿を探す。

竜司は、ジーンズに黒いTシャツ。手にはヘルメットを持っている。表では、大して気にならない格好も、ストリートファッションに身を固めた若者の中では、浮いていた。

そのせいか、やけに視線を感じる。

ダンスフロアのほうをザッと見渡す。亜弥らしき女の子はいないが、女子高生ぐらいの年齢の子は多かった。

カウンターの近くに歩み寄る。カーテンに仕切られたスペースがある。それとなく隙間から奥を覗く。ボックス席がある。

ボックスを覗いた瞬間、竜司は眦を尖《とが》らせた。

手前のボックス席では、銀髪の男が少女の口にペニスをねじ込んでいた。その奥のボックス席では、別の小柄な女の子がでっぷりとした男に犯されている。

細身で小柄のロングヘアー。黒い髪の子は、彼女しかいない。竜司は、じっとその女の子を見つめた。

女の子が苦痛に呻き、髪の毛を撥《は》ね上げた。その一瞬、女の子の顔が見えた。黒髪の女の子は、間違いなく南亜弥だった。

クソガキどもが……。

竜司は、ボックス席に近づいた。


突然入ってきた竜司に、片岡は視線を向けた。

「何だ、あのオッサン」

隣のモヒカン男が、気色ばむ。

「追い出しますか?」

「まあ、待て」

片岡は、いきり立つモヒカン男を小声で制した。

誰かは知らないが、騒ぎは起こしたくない。このままおとなしく帰ってくれるなら、そのほうがいい。とにかく、大事な仕事の前だという意識が、片岡にはあった。

モヒカン男と片岡は、竜司から目を離さなかった。竜司がカウンターを回り込み、ボックス席を覗く。二人はその背中を見据えていた。

「あいつ、何か探してますね」

「娘とか、親戚を探してんじゃねえのか。関係ない——」

片岡が言おうとしたときだった。

竜司が仕切りカーテンの中へ入った。

「片岡さん。あんまり奥へ行かれると、ヤバイっすよ」

「……ちょっと、行ってこい」

「はい」

モヒカン男が立ち上がった。

竜司は、ボックス席のスペースに踏み込んだ。手前の銀髪男は無視して、奥のボックスへ向かう。

でっぷりとした男は、全身に汗をにじませて息を荒らげ、一心不乱に腰を蠢かせていた。

デブ男に声をかけようとした。

その時、背後から肩をつかまれた。

「ちょっと、オッサン。何の用だ？」

モヒカン男が肩を握っていた。

「離せ。おまえには関係ない」

肩を揺らし、手を振り払おうとする。が、男は手を離さなかった。

「悪いことは言わん。その手を離せ」

「離さなかったら、どうする気だよ」

モヒカン男は、口辺を歪めた。

竜司は息をついて、ヘルメットを握る手に力を込めた。

「言うことを聞けないガキには、説教するだけだ」

振り返りざま、ヘルメットで男の横っ面をぶん殴った。姿は見えていなくても、顔の位置は声でわかる。

モヒカン男の右頬にヘルメットがめり込んだ。体がぐらりと左に傾く。

竜司は、ヘルメットを逆手で振った。

ヘルメットがモヒカン男の左頬にカウンター気味に炸裂した。

モヒカン男の身体が浮き上がり、飛んだ。弧を描いた身体が、銀髪男にぶつかった。銀髪男は、モヒカン男を抱えて動かなくなった。

竜司は、倒れたモヒカン男にヘルメットを投げつけた。

店内がざわついた。淀《よど》んでいた空気が一気に張りつめる。

デブ男は、ようやく騒ぎに気づいて振り返った。顔を上げる。竜司は、その顔面に左回し蹴りを見舞った。

男はブタのように鳴いた。ペニス丸出しで、裸のままフロアに転がる。亜弥が気配に気づいて、顔を上げた。

「南亜弥か？」

竜司が訊くと、亜弥は震えながらうなずいた。

「君のお兄さんから頼まれて、迎えに来た」

竜司はTシャツを脱ぎ、亜弥に放った。亜弥は足下に落ちたTシャツをつかんで、胸元に抱えた。

デブ男は、竜司の肉体を見て、蒼白になった。

僧帽《そうぼう》筋と大胸筋は筋を立てて盛り上がり、腰にかけて逆三角形を描いていた。太い腕には、浮いた血管が走っている。腹筋はライトを浴びて濃い陰影を刻んでいる。

しかし、何よりデブ男が驚愕したのは、背中や胸板に走る無数の傷痕だった。生々しい傷痕から漂う尋常ならざる殺気に、デブ男は戦意を失った。

フロアに流れていた音楽が止まった。

「オッサン、何なんだよ」

背後から声がかかる。竜司は、ゆっくりと振り返った。

目の前には、十人近い少年が顔をそろえていた。みんな顎を突き上げ、粋がって竜司を睨み据える。

「ここがクランクの溜まり場だと知ってて、荒らしに来たのか？」

少年たちの中央にいた金色のスカジャンを着た男が言う。

背は低い。が、横幅がたくましく、目の据わり方も年季が入っている。

「おまえが片岡か」

「オレのことを知ってるのか？」

「話には聞いてる」

「オレも有名になったもんだ」

片岡は口辺を歪めた。

「知ってるなら、なおさらだ。勝手に荒らされると、困るんだよ。オレにもメンツってもんがあるんだ」

「メンツ？　なら、俺にもある」

「オッサンにメンツだと？　笑わせるな。てめえ、誰だ？」

「一部の連中の間では、もぐらと呼ばれている」

聞いたとたん、片岡の顔色が変わった。

もぐらと呼ばれている男の話は聞いていた。つるんでいたヤクザの知り合いが、何人も病院へ送られている。

カウンターの奥にいた店員が、もぐらと聞いて、身を強ばらせた。

竜司にしても、自ら〝もぐら〟と名乗る必要はない。が、名乗ることで、余計なトラブルを回避できることもあるし、もぐらという人物の存在が犯罪の抑止力になるなら、それもいいことだと思っている。

だが、知らない連中には、名乗っても意味がない。

「もぐらだってよ！」

一人の少年が声を上げた。周りが一斉に笑い出す。

長身の少年が一人、列を割ってフラフラと出てきた。

「もぐらだって？　きゃはは！　もぐらだったら、穴の中でコソコソやってろっつうの」

「おい！」

片岡が、それとなく制する。が、図に乗った少年は、竜司の顔の前に鼻先を突き出した。

「それとも、ここで犯《や》ってやろうか？　てめえの穴にズコズコと」

「言うことはそれだけか」

凄んでも顔色一つ変えない竜司に、少年は気色ばんだ。

「てめえ、ふざけてんじゃねえぞ」

「おまえこそ、遊んでないでかかってきたらどうだ」

「何だと！」

いきなり竜司のボディーにパンチを見舞った。

瞬間、竜司は腹筋に力を入れた。割れた筋肉がさらに筋を立て、少年の拳を受け止める。

ビクともしない。少年は、鋼《はがね》のように硬い竜司の腹筋に肝を潰した。

「ボディーブローというのは、こういうパンチのことをいうんだ」

竜司は、少年の襟首をつかむと、固めた拳を少年の懐に叩きこんだ。

「ぐえええ……」

少年の内臓に拳がめり込んだ。

立て続けに二発、三発と放りこむ。

少年は目を剥いて身体をくの字に折り、胃液を吐き出した。

襟首を離す。少年が竜司の足下にうずくまる。竜司は、少年の鳩尾に爪先を蹴り入れた。

「うぐっ!」

長身の少年は目を剝いて前のめり、フロアに沈んだ。

目の前にいる少年たちの眦が強ばった。

「次はどいつだ?」

4

仲間がにべもなくやられたのを目の当たりにし、少年たちの腰は引けていた。

竜司は、片岡を見据えた。

「このままじゃあ、メンツが立たないんじゃないのか?」

「くっ……。てめえ、ここから出さねえぞ。殺れ!」

片岡が怒鳴った。

少年たちは一斉にナイフを取り出した。刃が照明を照り返す。

「ナイフか。おまえらのメンツもたいしたことないな」

「何だと、こら!」

右脇の少年が、ナイフを突き出してきた。竜司は、右斜めに体をよじり、切っ先をかわすと同時に、右手で少年の手首をつかんだ。

引き寄せざま、顎先に左拳を叩きこむ。少年が後方へ吹っ飛んだ。

「うわっ！」

殴られ飛んだ少年が、他の少年たちをなぎ倒す。

正面から、別の少年が襲いかかってきた。ナイフを振りまわしながら迫ってくる。が、ただ振りまわしているだけ。竜司には見切れていた。

上から振り下ろしてくる右腕を左腕で撥ね上げる。同時に、少年の鳩尾にパンチを見舞う。

上体が折れた。竜司は、少年の右手首をつかんで、ねじった。手元からナイフが落ちる。

その肘めがけて、右腕を振り上げた。前腕が肘を砕く。乾いた音を立て、少年の右腕が折れ曲がった。

竜司は少年の背中を突いた。少年はよろけて片岡の前に倒れ、壊れた右肘を押さえ、呻いた。

「まだやるか？　俺にナイフは通用しないぞ」

片岡を射貫《いぬ》く。

片岡は奥歯を嚙んだ。

少年の顔を踏みつける。口から折れた歯と共に血塊が噴き出した。少年は全身を痙攣《けいれん》させ、白目を剝いた。

「おまえら全員を叩きのめすくらい、わけないぞ。痛い目に遭いたくなければ、今すぐ去れ」

少年たちに視線を巡らせた。

彼らの表情が一様に凍りついた。呼吸もまともにできないほどの緊迫感が空間を支配する。

一人の少年が、ナイフを捨てて逃げ出した。それをきっかけに、次々と少年たちが逃げ始めた。

「おい！」

片岡が怒鳴る。が、少年たちは止まらない。

次から次に、先を争い逃げていく。フロアにいた女の子たちも逃げ出す。

騒ぎに乗じて、奥のボックス席から亜弥が駆け出てきた。竜司の背後に駆け寄り、身を寄せる。

「大丈夫か？」

声をかける。亜弥は頷いた。

竜司は、気絶している長身の少年を、爪先で突いた。

「こいつの服を剝いで、着るんだ。じきにカタがつく」

言うと、亜弥は竜司の背後に屈み込み、長身の少年の衣服を脱がせ始めた。

竜司は亜弥を守るように前に立ち、片岡に目を向けた。片岡は、少年たちを止めようと必死だった。

「おい待て、てめえら！　オレの言うことを聞かねえと、どうなるかわかってんのか！」

拳を振り上げ、恫喝する。

だが、少年たちは散り散りに遁走《とんそう》し、やがて誰もいなくなった。

「くそう……」

片岡は両の拳を震わせ、歯ぎしりをした。

「しょせん、こんなもんだ。ワルを気取っていても、おまえらは徒党《ととう》を組まなきゃ、何もできやしない。これに懲りたら、つまらないこと考えないで、真面目に働くんだな」

「オレは、腰抜けじゃねえ！」

片岡はナイフを投げ捨てた。

身構え、対峙する。

「ほう。少しは骨があるのか。わかった。おまえのその根性に免じて、相手をしてやる」

竜司は仁王立ちし、自然体で構えた。

気圧《けお》されているのか、片岡はファイティングポーズを取ったまま、動こうとしない。

「どうした。かかってこないのか？」

「ちくしょう！」

片岡が殴りかかってきた。

右フックが迫った。竜司は背を反らしてかわした。すぐ、左ストレートが飛んでくる。

その拳を右掌で受け止めた。

片岡の腹部に左回し蹴りを見舞う。

「はぐっ！」

片岡の腰が浮いた。

竜司は、片岡の後頭部を両手でつかみ、下から右膝を突き上げた。

片岡の顔面に膝頭がめりこんだ。鼻が折れ、歯が砕ける。鮮血がスプレーのように噴き出し、フロアを染めた。

組んだ手を振り上げ、片岡の後頭部に叩き落した。短い呻きをこぼした片岡が、うつぶせる。

竜司は、片岡の顔を踏みつけた。

「二度と悪さなんか考えるんじゃないぞ。今度、おまえの噂を聞いたら——」

言い含めていたときだった。

「危ない！」

亜弥の声が聞こえた。

振り向こうとする。

それより早く脇腹あたりに、痛みを感じた。異物がめり込んでいる。

「へへへ……何、チンタラ、お芝居やってんだよ、片岡」

銀髪のヤスが、竜司の足下に倒れている片岡を見やった。

「だから、てめえはダメなんだ。この組織、オレが仕切らせてもらう。このもぐらってのを殺ってよ」

ヤスは、ナイフを引き抜いて、もう一度突こうとした。

竜司は背を向けたまま、左にサイドステップを切った。刃先が脇腹を掠め、飛び出してくる。ヤスはナイフを真横に振った。

「うっ！」

脇腹が裂けた。赤い筋から、血が滴る。竜司は、振り返ってヤスと向き合った。

ヤスは舌を伸ばし、ナイフについた血を舐めてみせた。

「これが、もぐらさんの血ってわけか。サイコーだよ、あんたの血は」

竜司はヤスに殴りかかった。

ヤスは、避けようともしなかった。

竜司のパンチがもろに左頬を抉る。

ヤスの体が吹っ飛んだ。フロアに倒れる。が、すぐに体を起こし、立ちあがった。折れた奥歯を血と一緒に吐き出す。

「きかねえなあ」

ヘラヘラと笑う。

竜司は、ヤスの目を見た。

やばいな……。

眉根を寄せる。

ヤスはドラッグを使っているようだった。黒目は終始落ちつかず、歪めた口辺からは唾液がポトポトと滴り落ちている。

まるで狂犬だ。

薬物で肉体の感覚が麻痺している人間ほど、タチの悪い相手はいない。彼らは、痛みを感じない。どんなに強く殴っても、骨が折れても痛がらない。どころか、痛みを快感と感じる者もいる。

思わぬ力を出すこともある。火事場の馬鹿力みたいなものだ。

クスリでイカレた人間を止めるには、落としてしまうか、殺すしかない——。

「もっと、殴れよ。もぐらのパンチは、気持ちいい。鐘が鳴るんだ。きれいな音で、鐘が鳴る。あんたは天使か？」

けたけたと笑い、わけのわからないことを口走る。幻覚がひどくなりはじめたようだ。

早く始末しなければ。

竜司は身構えた。

ヤスはナイフを握りしめ、竜司に突っ込んできた。

サッと横に飛んだ。同時にヤスの足を引っかける。

ヤスが前のめりに倒れる。

竜司はその背中に飛び乗った。すばやく首に右腕を回して、締め上げる。

ヤスは首を絞められながらも笑っていた。

ナイフを投げ捨て、竜司の腕をかきむしる。爪が竜司の皮膚と肉を削いでいく。それでも竜司は、ヤスの喉元に絡めた腕を放さなかった。

「ぐがががっ、があああっ！」

ヤスがもがきはじめた。

竜司をはねのけようと体を揺らす。膝をついて、四つん這いになる。

竜司は振り落とされないよう、ヤスの腰に両足を巻きつけた。

ヤスは自分の背に貼りつく〝蟲《むし》〟を潰そうと、背中を壁にぶつけた。

竜司は息を詰めた。

ヤスは、何度も何度も竜司の身体を壁に叩きつけた。

背骨が砕けそうだ。

早く、落ちろ！

竜司は激痛に耐えながら、ヤスの首に絡めた右腕の手首を左肘で固定し、渾身《こんしん》の力で締め上げた。

上腕の筋肉が盛り上がり、青筋を立てる。

ヤスが仰向けに倒れた。

体重をかけられ、竜司の背骨が軋《きし》んだ。ヤスの体に押し潰されそうだ。それでも、竜司は首を締め続けた。

「はがっ！　がっ！　あがががが……」

顔が紫色に膨れ上がった。

「がっ！」

ヤスは最後の呻きを漏らし、ようやく白目を剥いて絶入した。

力が抜けたヤスの体の重みを感じ、腕を解いた。押しのける。ヤスはうつぶせに転がったまま、動かなくなった。

「ふう……」

竜司は大きく息をつき、ふらりと立ちあがった。

亜弥が抱きついてきた。何も言わない。竜司にしがみつき、震えていた。

竜司は、亜弥の頭を撫《な》でた。亜弥は、長身男から剝ぎ取ったジーンズとスカジャンを着ていた。余った袖《そで》と裾《すそ》をロールアップしている。

「その服、なかなか似合ってるぞ。ちょっと待ってろ」

亜弥から離れ、カウンターに近づく。

奥を覗き込み、厨房に身を隠していたバーテンを見据える。

「おい、女の子たちの行為を撮ったデジタルデータのマスターは、どこにある？」

「こ、ここの事務室に……」

「案内しろ」

竜司が言うと、バーテンはカウンターから出てきた。

竜司は、度数の高い酒のボトルを取って、バーテンについて事務室に入った。

「どれだ」

訊くと、バーテンは事務室の机に並んでいるPCの本体を指差した。

「焼いたDVDは？」

「机の下にある段ボールがそうです」

「これでマスターもコピーも全部か？」

「はい……」

「間違いないな。もし、女の子たちの映像が出回ったときは、おまえを果てまで追うぞ」

「これだけです、本当に！　映像は脅し用に撮ったものなので、外には出していません。本当です！」

バーテンは必死に訴えた。

竜司は、ダンボールに酒をかけた。そして、ライターに火をつけ、投げ入れる。段ボール箱とPC本体が、一気に火に包まれた。

「ああ……」

「二度とこんな真似するなよ。今度、同じような場所でおまえを見かけたら、燃えるのはおまえだ」

竜司は言い含め、事務室を出た。

バーテンは、燃え上がる事務室を呆然《ぼうぜん》と眺めることしかできずにいた。

5

表に出ると、ラブホテルの陰から、修輔が飛び出してきた。

「亜弥！」

「お兄ちゃん！」

亜弥は修輔に駆け寄った。しがみつき、泣きじゃくる。

兄の姿を見たとたん、現実感が戻ってきたのだろう。いつまでも泣きやまない亜弥が傷ましい。

「影野さん、ありがとうございました」

「なぜ、ここにいる？」

「心配で。僕も、踏み込もうと思ったんだけど、やっぱり……」

「その気持ちだけは、忘れないことだ」

竜司は微笑んだ。気を緩めたとたん、脇腹や背中に痛みが走る。

「くっ……」

わずかに膝が落ちる。

「影野さん！　大丈夫ですか！」

「このぐらいの傷、たいしたことはない。それより、早く妹さんを連れて帰れ。まだ、連中の仲間がうろついている。バカなマネはしないと思うが、見つかっても厄介だ」

「わかりました」

「修輔くん。俺と約束したことは、必ず守るんだぞ」

「はい。本当に、ありがとうございました」

修輔は深々と一礼して、亜弥の脇を抱え、竜司の前から離れた。

二人の姿が見えなくなる。竜司は脇腹を押さえ、膝をついた。

「……思ったより、傷は深いか」

押さえる手のひらに、傷口の脈動が伝わってくる。それでも立ちあがり、竜司はバイクにまたがった。

家まで、帰れそうにないな……。

竜司は、紗由美の姿を思い浮かべた。

6

「何だ、そのもぐらというヤツは？」

立岡《たちおか》は訊いた。

「わかりません。ただ、いきなり入ってきたかと思ったら、この有り様でして」

バーテンは言った。

立岡は、渋谷を仕切っている暴力団の一つ、七和《ななわ》連合の若頭だった。組で飼っていたバーテンは、竜司が去った後すぐ、立岡に連絡を入れた。

立岡は部下を数人連れて、〈アッパーズ〉に来ていた。

「立岡さん。もぐらってのは、素人じゃないようです」

部下の一人が、意識を失ったヤスを見ながら言った。

「そうだ、立岡さん。もぐらといえば、こないだ池袋の白根組のバーにいきなり現われて、ぶっ潰していったヤツですよ」

立岡の隣のサングラスをかけた男が、言った。

「あいつか……」

立岡は、話を思い出した。

もぐらの噂は、チラホラと耳にしていた。ヤクザだろうがいとわず、正面から乗り込んできては、何もかもを叩き潰す。その姿は、もぐらという呼び名からは想像も付かないほどの修羅《しゅら》をまとっていると。

立岡は、もぐらの話は大げさな逸話だと思っていた。どこかの物好きなチンピラが解決屋の真似事をしているだけだろうぐらいにしか思っていなかった。まして、自分のところに現われるとは想像もしなかった。

「外国人か？」

「いえ、日本人です」

バーテンは言った。

「見たことのある顔だったか？」

「いえ。ただ、私の目から見ても、とても素人には見えませんでした。その迫力といったら——」

バーテンは、竜司の姿を思い出し、身震いした。

「そういえば、不思議なことに、ヤツは、めちゃくちゃなことをやってるわりには、サツに目をつけられていないようなんですよ」

サングラスの男が言う。

「どういうことだ？」

「わかりません。警察の人間か何かだとも思ったんですが、それにしては、やり口がひどいですし」

「イヌか」

「かもしれませんね」

「まあ、いい。いずれ捜し出して、この礼はたっぷりしてやる。それより、今の問題はこいつだ」

立岡は、片岡を踏みつけた。

「うぐぅ……」

「てめえ、俺たちを裏切って、ブツを捌いた金で武装しようとしてたらしいじゃねえか!」

立岡はポケットに手を突っ込んだまま、片岡を何度も踏みつけた。バーテンが、チラッと片岡を見て、すぐ素知らぬフリをする。

「ナメられたもんだな、七和連合も。こんなチンピラに、どうにでもなるなんて思われるんだからよ」

立岡は、頬骨が砕けるほど強く、片岡の横顔を踏みつけた。

「ぐぐ……」

片岡は臍《ほぞ》を嚙んだ。

「こいつを事務所へ連れていけ。簡単には殺さねえ。他の連中への見せしめに、泣き喚くこともできないほど、しつこく刻んでやる」

立岡は片岡の顔から足を離した。

「おい」

サングラスの男が声をかける。と、部下の一人が近づいてきて、片岡を抱え上げた。

「連れていけ」

部下はうなずいて、片岡を連れ、出入口のほうへ向かった。

「立岡さん。他の連中はどうします？」

「並べて、東京湾に沈めてやれ。魚も喜ぶ」

立岡は大声で笑った。

その時、入口で物音がした。

「うぎゃあああ！」

悲鳴が聞こえた。

立岡は振り向いた。片岡を連れ出そうとしていた部下が、腹から血を流し、もんどりうっている。

出入口から、黒い上下に身を包んだ男たちがなだれこんできた。その数は、十人を超えていた。

フロアに散らばっていた部下が、立岡の脇に集まってくる。

「誰だ、てめえら！」

立岡が恫喝した。

が、入ってきた男の誰一人として、動じなかった。

「てめえら、片岡の仲間か」

「片岡？　ああ、こいつか」

スキンヘッドの男が、片岡の髪をつかみ上げた。

「こんな能なしに用はない」

スキンヘッドは、持っていたサバイバルナイフの刃を片岡の首筋に当てた。

躊躇《ちゅうちょ》なく引く。

鮮血が噴き出した。片岡は悲鳴も洩らせず、目を剝いたままその場に倒れた。

男の足下に、血の海が広がる。

「あんた、七和連合の立岡だな」

「わかっててやってんのか。いい度胸だ」

立岡が言う。

脇にいた部下が、懐に手を差した。瞬間、スキンヘッドの後ろから、人影が現われた。手にはショットガンを握っている。

轟音とともに、立岡の部下が吹っ飛んだ。胸を貫いた銃弾が背中を突き破る。部下は、カウンターの瓶をなぎ倒し、仰向けで息絶えた。

「ひいいいっ！」

バーテンは、目の前に転がった死体を見て、顔を引きつらせた。すぐ、カウンターに逃げ込み、しゃがむ。

銃声を合図に、他の黒ずくめの男たちが一斉に動き出した。男たちは、二人一組になって、組員を一人一人取り囲んだ。

迅速だった。立岡たちが動こうとする頃にはもう、組員たちは囲まれていた。

ある者は、胸元を抉られる。ある者は、喉をかき切られる。組員たちはなすすべなく、命を散らした。

「ふざけんじゃねえぞ！」

サングラスの男は、後ろから羽交《はが》い締めしようとした男の顔面に、裏拳を食らわせた。

関節が男の顔にめり込む感触がした。敵は倒した……と思った。

ところが、男は怯《ひる》みもせず、サングラスの男を捕まえた。前に立った男が、両手に握ったナイフを突き出した。

「ふぐぅ！」

内臓に異物が食い込んだ。

ナイフを握った男は、表情を変えず、何度も何度もナイフを抜いては刺した。

サングラス男の腹が裂け、内臓が飛び出した。それでもなお、執拗《しつよう》に刺し続ける。その光景を見た立岡は、眦を引きつらせた。

立岡の両脇を黒ずくめの男が固める。立岡は動けなかった。

「てめえら、こんなことして、ただじゃすまねえぞ……」

「勘違いしてねえか、あんた」

「何をだ！」

「それは七和連合があればの話だろ？　だが、七和連合はもうない」

「何だと！」

「今ごろ、俺たちの仲間が組長さんの首を獲ってる頃だ」

「てめえら……。七和を潰したからといって、渋谷は仕切れねえぞ」

「頭、悪いな、オッサン。仕切るのなんてわけねえだろ。逆らうヤツは、ぶっ殺せばいいんだから」

スキンヘッドの男は、立岡の喉ぼとけにナイフを突き刺した。立岡は短く呻き、目を見開いた。

「な、簡単だろ？　こうやって殺しちまえば、逆らうヤツはいなくなる」

スキンヘッドは、ナイフをねじり、深く押しこんだ。立岡の首の後ろから赤く濡れたナイフの切っ先が出てくる。

「あばよ、オッサン」

スキンヘッドは、ニヤリとして、ナイフを引き抜いた。前と後ろから血がしぶく。立岡は宙を睨んだまま、膝から崩れ落ちた。

スキンヘッドはフロアを見た。仲間以外の全員が、血まみれになって床に伏していた。流れ出した血に染まるフロアは、青い照明を浴びて紫色に変色している。

「さて、行くか……」

「ひいいいっ！」

スキンヘッドが入口へ向かおうとしたとき、仲間の一人が、カウンターに隠れていたバーテンを見つけ、引きずり出した。

「増淵《ますぶち》さん。こいつどうします？」

「遊んでいいぞ」

増淵と呼ばれたスキンヘッドは、そう言った。

「やった！　おい、テーブルを立てろ。こいつを裸に剝いて貼りつけろ」

バーテンを引きずり出した男は、仲間にそう声をかけた。

黒い男たちが群がって、バーテンを裸にする。そして、死んだ男たちのベルトを取って、壁に立てかけたテーブルに、バーテンの両手足首を括《くく》りつけた。

「やめてください！　何でもしますから、許してください！」

バーテンは泣き喚き、失禁した。

だが、黒い男たちは、バーテンの叫びなど気にも留めない。

ワイワイと騒ぎながらナイフを分け、死体を並べてラインを作る。

「ナイフ投げだ。体に当たったら、一万。目玉とキンタマは、五万。殺したら、罰金十万だ」

「おう！」

「久しぶりだな。腕が鳴る」

男たちは一人ずつ、ナイフを投げ始めた。

「ぎゃああ！」

バーテンの頬にナイフが刺さる。

「あ〜あ、眼を狙ったのに、外しちまった」

「次は俺だ！」

先を争うように、ナイフを投げる。

「まったく、あいつらは、いつまで経ってもガキだな。おまえら、適当なところで連中を引き上げさせろ」

スキンヘッドが出入り口に向かう。

「どこに行くんですか？」

「人を殺った後は、やりたくて仕方ねえんだ。そのへんのバカ女をこましてくる」

「好きっすねえ、増淵さんも」

言う仲間に笑みを向け、スキンヘッドは一足先に表へ出た。

7

「ん……くっ！」

目を覚ました竜司は、脇腹に引きつった痛みを覚え、眉間を歪《ゆが》めた。

「まだ、動いちゃダメ」

女の声がする。紗由美だった。

「もう、びっくり。お客さんの相手をしてるところに、血だらけの竜司さんがなだれ込んでくるんだもん」

言われ、昨晩のことを思い出す。

バイクで紗由美が住むビルの前まで乗りつけ、階段を上がり、ドアを開けさせた。

そこまでは覚えているが、そこから先の記憶はない。意識を失ったらしい。

脇腹のあたりをさすった。包帯が巻かれている。細かい傷にも、絆創膏《ばんそうこう》やガーゼが貼られていた。

「おまえが治療したのか？」

紗由美を見た。

「そんな大ケガ、私に治せるはずないじゃない。お客さんに、外科医《げか》がいるの。その人に頼んじゃった」

「いいのか、客とそんなつながりを作って」

「大丈夫。その人、もうおじいちゃんだから、茶飲み友達でいいし。まずストーカーにはならない人よ。それにもし、そうなったら竜司さんに頼めばいいしね」

「気楽なもんだな」

竜司は、小さく微笑んだ。窓の外を見る。外は明るくなっていた。

「もう、朝か……」

「朝かじゃないよ。丸一日以上、眠りこくっていた人が」

「二十四時間以上寝ていたのか?」

「そうよ。起きる気配、まるでなし。このまま死んじゃうのかと思ったわ。何か、食べる?」

「ビールをくれ」

「ダメ。軽い食事はいいけど、アルコール類は厳禁だって、おじいちゃんが言ってた。少しはケガ人らしくしなさいよ」

紗由美は冷蔵庫から材料を取り出し、食事の用意を始めた。

「自炊してるのか？」

「毎日ってわけじゃないけど、店屋物ばかりじゃ体に悪いでしょ。この仕事、体が基本だから」

話しながら、手際よくフライパンや調味料を準備する。

竜司は、台所に立つ紗由美の背中を見た。

優しい女だな。竜司は思う。

仕事で体を売ってはいるが、その背中にスレた匂いはない。感じるのはそこはかとなく漂う深い哀しみだけ。哀しみを含んでいるからこそ、紗由美の背中は、より優しく感じられるのだろう。

その哀しみが何なのかは知らない。紗由美から話さない限り、これから先も哀しみの正体を聞くことはないだろう。

それでいいと、竜司は思う。

「でも、竜司さんもムチャするよね」

「仕事だからな」

「一昨日の夜、アッパーズに殴りこんだの、竜司さんでしょ？」

紗由美は、包丁でキャベツを刻みながら、話しかけてきた。竜司は答えない。

「私もさあ、あんな悪ガキたち、死んじゃえばいいのにと思ったことはあったけど。さすがに皆殺しはちょっとやりすぎじゃないかな、なんて」

「皆殺しだと？」

竜司は思わず、聞き返した。

「ネットのニュースに載ってたよ。店内の人間は皆殺し。七和連合の事務所まで、襲ったんだってね。それで死ななかったなんて、さすが竜司さんとか思うけど。本当に竜司さんがやったの？　皆殺しなんて、ちょっと信じられない」

「紗由美。パソコンはあるか」

「あるけど」

「見せろ！」

「どうしたの、怖い顔しちゃって。仕事の話をしたから、怒った？」

「いいから、見せろ！」

竜司の声が、つい大きくなった。

脇腹の痛みを堪《こら》えながら、起き上がる。紗由美はノートパソコンを取って起ち上げ、テーブルに置いた。ニュースサイトにアクセスして当該記事を表示し、ノートPCを竜司に差し出した。

竜司は、モニターを覗いた。事件のことがでかでかと報じていた。

《渋谷で大量虐殺！》

ショッキングな見出しが躍る。

記事を食い入るように読む。

店内で七和連合若頭・立岡光晴をはじめとした組員と少年や店員、十数名が死亡していたと書かれてある。

手口は主にナイフによる刺殺で、ショットガンも使用されたと続き、七和連合本部も襲われ、組長以下組員すべてが、殺されていたと記されていた。

記事は、暴力団同士の抗争か、という文章で締めくくられていた。

「竜司さんじゃなかったの？」

紗由美は、竜司の様子を見て、訊いた。

「俺は、よほどのことがない限り、相手を殺さない」

竜司は言った。

確かに、過去に一度、組織を壊滅させるほど怒り狂ったことはあった。が、自分のしていることがわからなくなるほど制御不能になるのは、まれなこと。今回も一つの依頼を片づけたにすぎない。

「やっぱりそうなの。おかしいと思ったんだ。竜司さんがナイフとかショットガンを使うとは思えないし」

「紗由美。七和連合と対立していた組織はいくつある？」

「私が知ってるのは、三つ。中国人のグループとイラン人のグループ。それに、昔から七和連合と渋谷を分け合ってた光臨会《こうりんかい》。でも、光臨会が仕掛けるとは思えない」

「どうしてだ？」

「昔は、七和連合とずいぶん諍《いさか》いを起こしてたみたいだけど、外国人グループが入ってきてからは、協力関係にあった。どちらかが争えば、弱ったところを他のグループに狙われるでしょ。外国人グループもそう。今のバランスが崩れることに、かなり神経を尖らせていたみたいだし」

紗由美の言う通りだと、竜司は思った。

渋谷の勢力図は、このところ落ち着いたと聞いている。せっかくバランスが保てたところで、すぐそれを乱そうとする動きに出るとは考えにくい。

凶行に出たのは、誰だ……。

竜司は、拳を握り締めた。

第三章　消えた依頼人

1

竜司が〈アッパーズ〉に乗り込んで、二ヶ月が経った。

サウナ風呂状態だった事務所内も涼しくなり、すっかり過ごしやすくなっていた。

傷も癒えた竜司は、ソファーに足を引っかけ、腹筋をし、汗をかいていた。

竜司の仕事は、体が基本だ。ヒマを見ては鍛えておかなければ。

筋トレを続けながら、渋谷での事件のことを考えていた。

渋谷の動きは、それなりに注視していたが、表立った動きはなかった。新興組織が台頭してきたなら、一つのバランスが崩れた隙を狙って攻めてきてもおかしくはない。

なのに、動き出す者、あるいは組織がいる気配はない。

やはり、暴力団同士の抗争だったのだろうか……。

考えていると、隣アパートの住人、ホステスのミチが、ノックもなしに入ってきた。

「竜司さん、いる？」

「勝手に入ってくるな」

筋トレを中断して起き上がり、腕で額の汗を拭い、Tシャツを頭からかぶった。デスクに戻り、ジャンパーを肩にひっかける。

ミチは、竜司の姿を追い、デスクの前に近づいてきた。

「いいじゃない。ご近所さんなんだしさ。それより、また下の住人に言ってくれない？」

「インド人の集まりか」

「そう。竜司さんが言ってくれて、とりあえずは収まったんだけど、ここへ来てまた、人が洗濯物干してるときに、お香をたき始めたのよ」

「自分で言えよ」

「何度も言ってるんだって。ねえ、お願い。お金払うからさあ」

「ダメダメ。こっちは、依頼で忙しいんだ」

「ケチ！」

ミチが、ヒステリックに叫ぶ。

まいったな……。

悪い人間ではないのだが、なんとなくわがまま勝手な雰囲気が、竜司は苦手だった。

呆れ顔で首を振っていると、サッシ戸に人影が映った。竜司の目つきが鋭くなる。

仕事が仕事だけに、得体の知れない雰囲気には、敏感だった。

「すみません、影野さんはいらっしゃいますか」

若い男の声が響いた。南修輔の声だ。二ヶ月ぶりだが、一度聞いた声は忘れない。組対本部で働いていたときから、そう訓練されていた。

「入れ」

声をかける。

ドアが開き、修輔が顔を出した。その後ろに、亜弥の姿も見える。

「あら、若くていい男――」

ミチが振り返って、修輔に色目を使う。修輔は、困ったように愛想笑いを浮かべ、視線を泳がせた。

「客が来たんだ。もう帰ってくれ」

「竜司さんって、ホントに冷たい人ね」

ミチはむくれて竜司に背を向け、出ていこうとする。が、南兄妹とすれ違いざま、足を止めた。

「あら、あなた――」

亜弥の顔を見て、つぶやいた。じっと亜弥の顔を見つめる。亜弥は戸惑い、うつむいた。

「……そんなはずないわね。ごめんなさい」

独りごちて微笑み、出ていった。

「すまんな、二人とも。あれは、隣のアパートに住んでいる女なんだ。まあ、悪気はないから、許してやってくれ」

「いえ——」

「汚いところだが、座ってくれ」

竜司は、寝床にしているソファーを指した。

修輔と亜弥は、ソファーに並んで座った。殺風景な部屋を興味深そうに眺める。

「すまんな。何か飲むものでもと言いたいところだが、ビールしかないんだ。水も切らしちまってる」

「いいんです。ちょっと寄らせてもらっただけですから」

修輔が言った。

「よく、ここがわかったな」

「失礼と思ったんですが、電話番号で調べさせてもらいました」

「電話番号で？」

「はい。電話番号から住所を調べられるサービスがありまして、それをちょっと利用して……」

修輔は、バツが悪そうに後ろ頭をかいた。

「すみません。でも、どうしても亜弥がお礼を言いたいというもので」

「ありがた迷惑だ――と言いたいところだが、今回だけは許してやろう」

竜司は、微笑んだ。

亜弥は、専門病院ではないが、それなりの施設がある病院に入院させたという話を、修輔から聞かされていた。

「亜弥ちゃん、具合はどうだ？」

「もう、すっかり。昨日退院できたんです」

亜弥が微笑む。助け出した頃はどこかやつれていた亜弥だったが、今は頬はふっくらとし、色艶《つや》も良くなっている。その顔を見ただけで、竜司はホッとした。

「先生の話だと、何年も打っていたわけじゃないんで、回復も早かったそうです」

修輔が言う。

「そうか。何にしても、よかったよ。これからは事件のことは忘れて、心の傷を癒していくことだ」

「はい。本当に、ありがとうございました」

亜弥は、髪が被さるほど深く頭を下げた。

「じゃあ、僕たちはこのへんで」

二人が立ち上がる。

「修輔くん。ここの住所は捨てておいてくれ。そして、二度とここへは来るな」

「わかってます」

修輔は頷いた。南兄妹は、ドア口でも一礼して、事務所を出た。

竜司は、二人の残像を見つめながら、ふっと微笑んだ。

仕事柄、事件を解決した後、クライアントと会うことは少ない。依頼がらみで付き合いが続いているといえば、紗由美ぐらいなものだ。

みんな、人に言えない依頼を持ちこんでくる。人に知られず解決したいことを頼んでくる。事件が終われば、関わった人間とも会いたくないというのは、道理だろう。

竜司にしても、仕事が終わってもなお、付きまとわれるのは迷惑だ。けれど、今日のように、助けた人間が元気になった姿を見せてくれると、やはりうれしい。

負わなくていい傷を負ってしまった亜弥だが、これから少しずつ、普通の生活に戻っていくだろう。

一人、気分よくしていたところに、またミチが入ってきた。

「ちょっと、ちょっと、竜司さん」

「だから、いきなり入ってくるなと言ってるだろうが」

竜司は眉根を寄せ、不快感をあらわにした。が、ミチは気にする様子もなく、デスクの前に近づいて、話を続けた。

「さっきの女の子、何やってる子?」

「女子高生だよ。知ってるのか？」

「はっきりとはわかんないけどね。見たことあるのよ。ラブホテルの前で」

ミチが言う。

きっと、売春をさせられていた頃に、どこかでミチと遭遇したのだろう。思うが、念のために訊いてみる。

「いつ頃だ？」

「半月くらい前。大久保病院の東側のホテル街。昔、新宿コマがあった場所の裏手あたりよ」

「人違いだよ。あの子は、そんな子じゃない」

竜司は言った。

亜弥は、昨日退院してきた。それまでは病院にいる。確認して胸を撫で下ろした。

「そうかなあ。でも、かわいい子じゃない。私、かわいい子の顔はよく覚えてるのよ。彼女、本当によく似てたわ」

「若い子の顔の区別がつかなくなったんじゃないのか？」

「ま、失礼ね！　私、まだそんなババアじゃないわよ！　もうっ、竜司さんなんか、大っ嫌い！」

ミチは机を叩くと、ドスドスと床を踏み鳴らし、外へ出ていった。

怪獣だな、ありゃ……。

竜司は、苦笑した。

ミチがウソを言っているとは思えないが、勘違いは誰にでもある。ミチの気持ちだけは、素直に受け取っておこうと、竜司は思った。

電話が鳴った。

「はい、トラブルシューター……なんだ、紗由美か」

——なんだはないんじゃない？

「どうした。また、ストーカーか？」

——違うよ。よけいなおせっかいかとも思ったんだけど、ちょっと耳に入れとこうかなと思って。

「何だ？」

——気にすることないのかもしれないけど、この頃ね、渋谷の街から、ヤクザが少なくなってるの。

「ヤクザが？」

——七和連合がなくなったから、当然といえば当然なんだろうけど。それでも、街に立ってるとしのぎをよこせ、みたいな連中が年中いたのに、ここ何日か、そういう連中も見かけないんだ。

「いいことじゃないか」

──私たちにしてみればね。でも、いなきゃいないで、なんとなく不気味で。

「そう気にすることはないが、動きには注意しといてくれ。何かあれば、連絡をくれ」

──わかってる。じゃあ、またね。

紗由美は、電話を切った。

やはり、何かが動いてるのか。

自分には関係ないと思いながらも、竜司は気になって仕方なかった。

2

深夜一時。ミチは男と腕を組んで、新宿のラブホテル街をうろついていた。

「今夜は寝かさないぞ、ミッちゃん」

「ヤダ、ナカさんったら」

ミチは太い手で、男の背中を叩いた。

あまりの衝撃に男が咳き込む。が、すぐに笑顔を見せた。

ナカさんと呼んでいる男は、ハゲで、痩せていて、着る物も安っぽい、まったく冴《さ》えない中年オヤジだった。それでもミチにとっては大事な常連客。時々、肌も重ねている。

「しかし、どこも満室だなあ」

「この時間は、どこへ行ってもダメよ。まして、週末でしょ。朝まで空かないわよ、きっと」

「なんてこった！　僕のムスコくんは、もうこんなになってるのに」

ナカは、股間を迫り出した。スラックスが申し訳程度に盛り上がっている。

「ヤダもう、ナカさんたら、そんなことばっかり言って」

小さなモノを突き出すんじゃないよ、と思いながらも調子を合わせて、ご機嫌を伺っていた。

すると、少し先のホテルから、若いカップルが出てきた。

「おっ、あそこが空いたかもしれんぞ」

ナカが言う。ミチは、ナカの視線を追った。

「あれ？」

ホテルから遠ざかるカップルに目を留めた。

小柄で、細くて、黒髪のきれいな女の子……。

やっぱり、あの子だわ。

後姿しか見えないが、ミチはそう感じた。

「ナカさん。ちょっと待ってて」

ミチは、ナカの腕に絡めていた手を離すと、大きな体を揺すって駆け出した。

「おい！　ミッちゃん！　僕のムスコくんはどうするつもりなんだ！　ミッちゃん！」

呼び止めるが、ミチはカップルを見据えて走っていった。

カップルが路地を曲がった。ミチも遅れて路地を曲がった。フッと明かりがなくなる。

暗い路地にカップルの姿はない。

ミチは立ち止まって膝に両手をつき、肩を揺らして息を整えた。

「はあはあ……やっぱり、見間違いかしら」

体を起こして、振り返ったときだった。目の前に、二つの大きな影が現われた。

「何なの、あんたたち――」

黒い影の一つがスッと動いて、ミチの背後に回り込み、片手で口をふさいだ。

そして、もう一つの影は、おもむろにポケットからナイフを取り出し、ほくそ笑んだ――。

3

竜司は、射し込む陽光を浴び、午前十時に目を覚ました。

相変わらず、寝起きはだるい。寝癖のついた頭をボリボリとかきながら、冷蔵庫を開け、ビールを取る。

寝起きの渇いた喉に流しこむビールの味は、また格別だ。

缶ビールを左手に持った竜司は、郵便受けに差し込まれた新聞を引き抜いた。机を回り込み、イスに腰を下ろす。机の上に足を投げ出して、残ったビールを飲み干し、いつものように新聞を広げる。

大あくびをしながら、記事に目を通す。

「んっ?」

竜司は、三面の小さな記事に目を止めた。

《新宿歌舞伎町《かぶきちょう》の路上で強盗殺人事件——》

殺されたのは、〝近藤美千子、四十七歳〟となっている。美千子はバーのホステスをしていた、という部分が気にかかった。

まさか、ミチか?

そんなはずはないと苦笑するも、ホステスで四十代後半といえば、竜司の中ではミチぐらいしか思い当たらない。

殺された場所が、新宿のホテル街というのも気になる。ミチは、よく近辺のホテルを利用しているからだ。

まさかと思うも心配だ。ミチの本名も、過去も知らない。お互い、過去を語らないもの同士。ミチにも、それなりの理由があって、四十を過ぎてもなお、売り専のバーで働いていたのだろう。

あとで、確かめてみるか――。

思いつつ、他の記事に目を通した。


一時間後。電話で、クライアントとの打ち合わせを終えた竜司は、出かける前に、ミチのアパートに寄ってみた。

ドアにも郵便受けにも、名前は書かれていない。ドアノブをひねってみたが、カギがかかっている。

時間は昼の二時を過ぎたところ。この時間に、ミチが家にいないというのはおかしい。泊まりだったとしても、通常この時間には家へ戻って寝ている。先日のように昼のデートがあれば、得意顔で事務所に顔を覗かせるはずだ。

ホトケさんをこの目で確認するのが、一番だな。

そう思った竜司は、アパートを出たその足で、所轄署に向かった。


新宿東署の玄関を潜った竜司は、窓口で声をかけた。

「捜査一課の楢山警部補を、お願いしたいんだが」

「どちら様です?」

「俺は──」

言いかけたとき、後ろから声がかかった。

「影野か?」

振り向く。そこには、くたびれたスーツを着た角刈りの大男が立っていた。

「やっぱり、影野だ。久しぶりだな」

男は近づいてきて、竜司の肩に手を回した。

「楢山。少し丸くなったんじゃないか?」

「俺もいい年だからな。しかし、おまえも同い年なのに、相変わらず、いい体してるな」

竜司の腕を握り揉む。

「やめろ。みっともない」

竜司は楢山の手を払った。二人のやり取りを見て、受付の婦人警官が小さく笑っている。

楢山と会うのは、十年前のあの事件以来だった。

あの時、楢山から気絶させられなければ、竜司は自ら命を絶っていただろう。楢山は、警察学校からの親友でもあり、命の恩人でもある。

「おまえの噂は聞いてるよ。トラブルの解決屋みたいなことをやってるらしいな」

「まあな」

「警察に戻ってくる気はないのか？」

「ああ……」

「そうか。おまえが決めたことだ。俺は、何も言わんよ。ただ、協力できることがあれば、いつでも言ってくれ。個人的にでも力になるぞ」

「悪いな。さっそくだが、昨日、歌舞伎町で起こった路上強盗の事件について知りたいんだが」

「売春婦の殺人か？」

「そうだ。ホトケさんを見せてくれないか？」

「何を調べてるのか知らないが、まあ、いいだろう」

楢山は竜司を先導し、地下の安置室へ降りていった。


遺体安置室など、何年ぶりだろうか。じめじめとした独特の重みがある廊下を奥へ進み、安置室の扉を開く。壁には、神棚が飾られていて、ベッドには遺体が置かれていた。

安置室に入ると、美雪と亜也のことを思い出す。あの日、確かに絶命した妻子の脇に座っていた。が、そこで何をし、何を考えていたのかは、今も記憶が虚ろだ。

竜司は、線香の煙が漂う安置室に入り、遺体に手を合わせた。

「これが、昨日のホトケさんか？」

檜山がうなずく。

白い布をめくった。

巨漢の女が仰向けに眠っている。怪獣のような大きな顔、分厚い化粧。間違いない。

「ミチ……」

「知ってるのか？」

「ちょっとな……。死因は？」

「直接の死因は、頸動脈《けいどうみゃく》を切られた際のショックだ。相当、怖い思いをしたんだろう。失血する前に死んでたよ」

「そうか……」

脳裏に、恐怖に怯えたミチの顔が浮かぶ。それはあまりに酷い。竜司は、首を振って、怯《おび》えるミチの顔を振り払った。

「犯人の目星は？」

「まだだ。犯人は、彼女を殺した後、財布から現金だけを奪っていた。路上強盗なら、狙ったものといい、殺し方といい、かなり手慣れた連中だ。外国人の線もあると思ってる。影野。何か、心当たりはないか？」

「普段から、香のニオイが服に付く付かないで、下の階に住むインド人とやりあってたが……」

「動機としては弱いな。そんなことで殺すとは思えんが、一応、誰かに当たらせよう。他に何か思い当たることないか？」

「他には……」

竜司は、ふと思い出した。

『見たことあるのよ。ラブホテル街で、亜弥を見かけたという言葉を思い出す。

ミチがラブホテルの前で』

「何かあるのか？」

「いや。そのぐらいかな。そう深い話をするほどの仲でもなかった。彼女の身元はわかったのか？」

「ああ。かわいそうな女だよ。金沢の老舗《しにせ》旅館の跡取に嫁いだんだが、子供を流産しちまってな。それ以来、子供ができなくなって、後継ぎを産めない女なんかいらないと言われ、無理やり離婚させられて、追い出されたらしい。両親も早くに死んじまって、親戚もいなくてな。ダンナに捨てられた挙句、天涯孤独の身の上だったようだ。で、最期が路上強盗じゃ、本当に浮かばれない」

楢山が大きなため息を吐いた。

もう少し、優しくしてやるんだったな……。

ミチの過去を聞き、竜司は思った。毎日のように竜司の下を訪ねてきていたのは、淋しいからだった。わかっていながらも、優しくしてやれなかった自分が情けない。

「それとな。事件当時、ホトケさんと腕を組んで歩いてたって男がいるんだよ。心当たりはないか？」

「わからんな。パトロンはいたようだが。つかめてないのか？」

「バーの経営者も口が硬くてな。ウリをやっている店だから、仕方ないんだが。アパートからも何も出てきてない。ホトケさんの携帯は現場に残ってたんで、いずれ面は割れると思うがな」

「そのパトロンの所在がつかめたら、教えてくれ」

「わかった。おまえも、気づいたことがあれば、教えてくれよ。連絡先は？」

「刑事だったら、探してみろ」

「そう来るか。いきなり目の前に現われても、ビビるんじゃねえぞ」

「楽しみにしとくよ」

竜司は言い、安置室を出た。

4

紗由美は、いつものように道玄坂をウロウロしながら、客を探していた。

タイトな深いVネックのグレースーツを着ていた。見た感じ、地味なホステスか、派手なOLといった風情《ふぜい》だ。

さてと……今日は、誰を狙うかな。

人を待つフリをしながら、客を物色する。後ろ盾を持たない紗由美は、危なそうな男は避けていた。

そこそこ金がありそうで、しつこくなさそうで、でも女には興味がありそうな雰囲気の男。紗由美が狙うのは、そういう男だ。

外見でしつこくなさそうに見えても、とんでもなくしつこい男もいれば、ギラギラしているくせに、セックスは淡白な男もいる。

仕事を続けていくうちに、そうした男を嗅ぎ分ける嗅覚《きゅうかく》みたいなものが、肌に染みついていた。

それにしても、ずいぶんと若いコが多くなったなと思う。昔から、若いコが集う街ではあったが、この頃は、夜の夜中に小学生と見まがうほどの幼い少年少女とすれ違ったりする。

まったく最近のコは……と、つい思う。

今でこそ街娼などしているが、学生時代の紗由美は優等生だった。

頭がよく、礼儀正しく、家の手伝いをよくし、思いやりがあり、優しい。理想の女の子像があるとすれば、紗由美はそれを地で行っていたようなところがある。

紗由美自身も、高校生になるまでは、大人になって、まさか将来売春婦になっているとは、思いもしなかった。

紗由美は地方都市にいた。そこの名門女子高に入り、楽しい学生生活を迎える……はずだった。

が、高一の時。赴任《ふにん》してきた男性教師に狙われ、犯された。教師は、紗由美の裸を写真に撮り、言うことを聞かなければ、バラまくと脅した。

何度も男性教師に呼び出されては、肉体関係を強要される日々。紗由美は日に日に闊達《かったつ》さをなくしていった。

犯されたときにすぐ、訴えればよかった。だが、周囲の期待、視線、今まで築き上げてきた自分のイメージ。すべてが壊れることを畏れ、何も言えなかった。

弄《もてあそ》ばれる日々が半年ほど経過した秋のこと、突如、教師と紗由美の関係が学校中の噂になった。ホテルへ連れ込まれたところを他の生徒に目撃されたようだった。

噂に苦慮した学校側は、その教師を問い詰めた。教師は紗由美に誘惑されたと訴えた。

紗由美は反論した。が、学校側は受け入れてくれない。紗由美の優等生ぶりを快く思っていなかったグループの中傷もあり、一方的に紗由美は悪者にされ、停学処分を受けた。

その事件以来、優しかった家族も冷たくなった。

理不尽な出来事で居場所を失った紗由美は、ある日、学校に出向いて、教員室でその教師を刺した。

後の調べで教師が紗由美を脅して、性行為を強要したとわかり、学校側は謝罪したが後の祭り。紗由美の犯した罪は消えない。

三ヶ月間、鑑別所に送られた紗由美は、すべてを失い、住みなれた街を離れ、上京した。それから都内を転々とした。鑑別所あがりの女の子をまともに雇ってくれる場所などない。生活に窮し、泣く泣く体を売るようになった。

紗由美は秋が嫌いだった。秋のニオイを感じると、忌まわしい日々を思い出す。紗由美が東京の雑踏にこだわるのは、季節のニオイを感じさせないからだった。

ただ、フラフラと遊び歩いている十代の女の子たちを見ると、悲しくなる。

普通に生きられるのに、わざわざ堕ちていこうとする彼女たちが、なんとなく腹立たしい。望まないのに、堕ちてしまった自分のことを思うと――。

紗由美は、そういう女の子たちを一瞥する傍《かたわ》ら、金づるを物色していた。

と、路地の奥で小さな悲鳴が聞こえた。

何かしら……。

紗由美は、さりげなく通りがかりを装いつつ、路地を覗いてみた。

「いやっ！　放して！」

女の子が暴れていた。

男二人に捕まっている。見たところ、十六、七といった女の子だった。髪の毛は少し茶に染めているが、すれている感じはしない。ごくごく普通の女の子だった。

彼女を捕まえていたのは、黒ずくめの男たちだった。

背が高く、体格もいい。助けてあげたいが、紗由美一人ではどうしようもない。

どうしよう――。

周りを見た。坂の上から、ネクタイを締めた体格のいいサラリーマンが歩いてくる。

紗由美は、とっさにサラリーマンの腕をつかんだ。

「ちょっと、お兄さん！　私と一緒に走ってきて」

「な、何ですか！」

「いいから！　余裕はないの！」

サラリーマンの腕をつかんで、男たちに向かって走り出す。

「刑事さん！　あそこです！」

紗由美は大声で叫んで、黒ずくめの男たちを指差した。

男たちが顔を上げる。紗由美は、男たちに迫った。サラリーマンは、何が何だかわからず紗由美を追う。

「ちっ！」

黒ずくめの男たちは、女の子を放り投げ、細い路地の先へと消えた。

「大丈夫？」

紗由美は、女の子を抱き上げた。

そこに、サラリーマンが駆け寄ってきた。いきなり走らされ、息を切らしている。

「あの……何なんですか？」

「ありがとう。助かった」

紗由美はにっこりと微笑み、女の子の脇を抱え、歩きだす。

残されたサラリーマンは、ポカンと口を開き、立ちつくした。


紗由美は、連れ帰った女の子を布団に寝かせた。

「大丈夫？」

「はい。助けてもらって、ありがとうございました」

「いいえ」

微笑みかけ、脇に座る。

「あんな路地裏で、何をしてたの？」

「友達にパーティーがあるからって、券を渡されて。行きたくなかったんだけど、一応、友達だから、顔を出さないわけにもいかなくて。で、場所を探してたんだけど、渋谷なんて、今日が二回目だから、迷っちゃって。それで、なんとなくそれっぽい路地に入ったら、いきなりあの人たちが出てきて――」

そこまで話すと、顔を強ばらせ、小さく震えた。

「そう。そんな友達とは付き合わないほうがいいよ」

紗由美が彼女の頭を撫でる。

手の温もりを感じた女の子は、安心したような笑みをこぼした。

「渋谷はね。若者の街だとか言って、着飾ってるけど、一歩裏に入れば、新宿や池袋と同じ、無法地帯。だから、夜は近づかないほうがいい。友達にもそう言っときなさい」

「はい」

「ところで、何のパーティーだったの？」

「わかりません。なんだか、大学生の人たちが企画したパーティーだって言ってましたけど」

「パー券ある？」

「リュックの中のお財布に入れてますけど」

「見ていい？」

紗由美が言うと、女の子はうなずいた。

小さなリュックを開け、中からキャラクター物の財布を取り出した。開けてみる。

学生証が見えた。紗由美は、見るともなしに、学生証の中身を見た。

〝昭立大学附属清流高校　普通科二年　岡崎紀子《おかざきのりこ》〟と記されている。

清流高校か。頭いいんだ、この子。

思いながら、紗由美は札入れを開いた。三枚の千円札とパーティー券が入っていた。

紗由美は、パーティー券だけ取り出し、財布はリュックに戻した。

「わりとしっかりしたパー券ね」

手に持った券をまじまじと見やる。

渋谷で若い男の子たちが売っているパーティー券は、いかにもカラーコピーしましたといったような雑なものが多い。

だが、今、手にしているパーティー券は、映画のチケットばりにきれいな印刷加工が施されていた。

「友達の間では、結構有名なんです、そこのパーティー」

紀子が言う。

主催者を見た。〝昭立大学自己啓発サークル主催〟となっている。その下に、小さな文字で、〈ポップライトニング・カンパニー〉という会社名が印字されていた。

パーティー会場は〈ジェリー・ビーンズ〉というクラブハウスだった。

聞いたことがない。

場所を記した地図を見てみると、店は、道玄坂ではなく、宮益坂《みやますざか》の方面にあるようだった。

「ああ、反対方向に来てたんだ。お店は宮益坂の方だから、こことはまったく逆方向よ」

「そうだったんですか。私……方向音痴《おんち》だから」

「仕方ないよ。渋谷って、道玄坂とか公園通り寄りのほうが有名だから。ここのパーティーって、どんなことをしてるの？」

「さあ。行ったことないからわかりません。ただ、そこのパーティーに出てる子たちって、みんな明るくて、頭もよくて。地味だった子も見違えるように大人っぽくなって、きれいになって」

「それで人気なわけ？」

「そうなんです。……実は、私もちょっとは明るくきれいになれたらな、なんて期待して来たんです」

紀子はほんのりと頬を赤らめ、はにかんだ。

かわいい子。紗由美は目を細めた。

「あなたは十分きれいよ。焦ることはない。大人になり急ぐこともない。今のあなたにしか出せない輝きもある。それを大切に磨いていきなさい」

「はい」

「少し寝なさい。落ち着いたら、家の前まで送ってあげるから」

「そんな……悪いです」

「このままあなたを一人で帰したら、私が気になって眠れなくなる。そうしなさい」

「じゃあ……お言葉に甘えます」

紀子は頷き、瞳を閉じた。

5

午前二時を回った頃。竜司は、旧新宿コマ劇場前の広場をうろついていた。

終電に乗り損ねた若者たちが、広場の中央にたむろしていた。路上に座りこんでギターを弾き、歌っている男がいる。酔っ払って寝ている女の子もいる。

竜司はギャラリーには目もくれず、目当ての男が通るのを待っていた。

しばらくすると、ファストフード店の陰から、小太りの男が出てきた。開襟シャツを着て、今どきめずらしいパンチパーマをかけている。

男は、手首にかけたセカンドバッグを振り回し、周りの若者たちをのべつまくなしにねめつけ、肩で風を切って歩いていた。

男がゲームセンター脇を通りかかる。

「香川《かがわ》」

竜司は、男の肩をグッとつかんだ。

「誰だ、こら！」

粋がって振り向く。が、竜司の顔を見たとたん、男の目尻が引きつった。

「久しぶりだな」

「も、もぐらのアニキ……」

みるみる蒼ざめる。

香川安雄《やすお》は、新宿に根を張る暴力団・西尾《にしお》組の構成員だ。

以前、歌舞伎町の違法風俗店で働いている自分の娘をどうにかしてくれという依頼を受け、乗り込んだことがある。その店を任されていたのが、香川だった。

竜司は、いつものように徹底して香川を痛めつけ、店を潰した。

「おまえ、まだチンピラやってんのか？」

「まともな仕事ってのが、どうも苦手でして……。でも、あれですよ。今は、合法のヘルスの店長をやってます。警察にも届けを出してます。未成年は使ってませんし、本番もヤラせてません！　本当です！」

「そんなことは、どうでもいいんだ。ちょっと来い」

香川の襟首をつかみ、建物の隅に連れ込んだ。香川は、てっきり殴られるものと思いこみ、膝を震わせていた。

「お、俺は何もしてない！　本当ですって！」

「おまえが何かしたなど、一言も言ってないだろう。ちょっと訊きたいことがあるんだ」

竜司は苦笑した。

殴られないとわかり、香川は大きく息をつき、眦を弛《ゆる》めた。

「何ですか、訊きたいことって？」

「こないだ、ホテル街で四十過ぎの女が殺されただろ」

「ああ、あのウリをやってたババアですね」

「そうだ。彼女を殺った犯人を探してる。何か聞こえてないか？」

「さあ。ありゃあ、俺たちの間でも、通り魔強盗だったんじゃないかって話になってますよ。だいたい、見りゃあわかるじゃないですか。金持ってるヤツか、持ってないヤツかぐらいは」

「殺し方は聞いただろ」

「聞きました。喉をざっくり。喉ぼとけを裂いた後に、頸動脈を切ったらしいですね。しかも二回で。ありゃ、相当殺し慣れてるヤツの仕業ですよ」

「心当たりはないか？」

「すぐには思いつかないです。ただ、外人じゃねえかなんて言ってますけど、殺ったのは外人じゃないですね」

「どうしてだ?」

「外国人なら、必ずクレジットカードや携帯を持っていきます。ヤツラが殺して盗《と》るのは現金よりカードや携帯です。カードは偽造もできるし、使う手段も手慣れてる。携帯は個人情報も集められるし、SIMカードを変えれば、いくらでもトバシで捌けますしね」

「日本人というわけか」

「それも若いヤツでしょう。若い連中の方が、ナイフの使い方には長《た》けてますから。殺し屋なら別ですがね。でも、殺し屋なら、現金を盗るわけもねえ。悪を気取ってるバカガキどもの仕業と思って、間違いないですよ」

香川は言い切った。

竜司は、深く頷いた。香川の見立ては、理に適っている。

ということは、ミチは、遊ぶ金がほしかった若い連中に、命を奪われたのだろうか。

それとも……。

『あの子を見かけたのよ』

ミチが遺した言葉がどうにも引っかかる。

思案していると、香川が手を打った。

「そうだ。ああいう殺し方の話、聞いたことがあります。二、三ヶ月前だったかな。七和連合が殺られたでしょ、渋谷で」

「あの事件か――」

竜司は、アッパーズで暴れた自分の姿を思い出す。

「あそこで殺られた遺体は、どいつも見事なくらいバッサリいかれてたって話ですよ。今回みたいに、喉を二回ってわけじゃないみたいですけどね」

「香川。ちょっと、彼女が殺された時の情報を詳しく集めてくれないか？」

「俺がですか！　なんで、俺がサツの手伝いしなきゃいけないんですか」

「警察の手伝いしろと言ってるんじゃない。俺が集めろと言ってるんだ」

「集めろ、ですか？」

「そうだ。つまらないネタばかり拾ってきやがったら、またその顔を叩き潰すぞ」

「わかった。わかりましたよ！　で、連絡は？」

「俺が顔を出す。三日後だ。トンズラかましても無駄だぞ。おまえのヤサは知ってる」

「逃げたりしませんよ。三日後ですね。じゃあ、今の時間にここへ来てください」

「頼んだぞ」

竜司は、香川の肩を叩いて、西武新宿線の方へ去った。

「なんで俺が……」

香川は、ぶつぶつ言いながら、竜司の背中を睨みつけた。

6

翌日の正午前――。

寝ていると、いきなり事務所のドアが叩かれた。竜司は、ソファーから飛び降りて、机の陰に身を隠した。

外は明るい。ガラスには、大きな影が映っていた。

「影野！　来てやったぞ！　ここを開けろ、ここを！」

楢山の声だった。

竜司は、机の陰から出て、サッシ戸のカギを開けた。

「ここへ来るのに、ずいぶんと日にちがかかったじゃないか」

「用事がなかったから、来なかっただけだ。おまえの家が先日のホトケさんの近くだってことはわかっていた」

楢山は足を踏み鳴らし、中へ入ってきた。ソファーにドスッと腰かける。

「しかし、おまえ。仕事する気はあるのか？　宣伝は電柱の張り紙だけ。それも、雨風に晒されて薄汚れて、電話番号なんか、ほとんどわからなくなってるぞ」

「それでも、どこからか見つけて、電話してくるヤツは大勢いるんだ。大っぴらにやる商売でもないしな。ビール飲むか？」

「勤務中、と言いたいところだが、一本ぐらいなら構わんか」

「そのいいかげんさ、相変わらずだな」

竜司は笑い、冷蔵庫から缶ビールを二本つかみ出した。一本を楢山に放ってよこす。

楢山はプルを開けると、豪快に流しこんだ。図体がでかいせいか、ビール缶が小さく見える。

「はあ、うめえ!」

楢山は息をついて、口元を拭った。

「おまえとこうしてまた、ビールが飲めるなんて、思わなかったよ。心配してたんだぞ、おまえのことは」

「悪かったな」

「まあ、でもな。俺は、おまえの元気な姿を見られただけでいいんだ。宇田桐は死んじまったしよ。警察学校で仲がよかったヤツといえば、あとはおまえぐらいで。……あっ、すまない」

ついうっかり宇田桐の名前を口にし、バツが悪そうにうつむいた。

「いいんだよ。本当のことだ。おまえには感謝してる。あの時、おまえが拳をくれなければ、俺は死んでいただろうからな」

竜司が言う。楢山は照れくさそうに頭を掻《か》いた。

「それより、ミチのことで何かわかったんじゃないのか？」

「おお、そうだった。事件当時、被害者と腕を組んで歩いていた男が見つかったんだ。中山泰三《たいぞう》という男だ。電気工事会社に勤める五十過ぎの窓際族で、彼女の勤める店に入り浸っていたようだ」

「聴取はしたのか？」

「ああ。最初は知らぬ存ぜぬの一点張りだった。中年売春婦なんかと関わっていることがバレたら、会社を辞めさせられると思ってたらしいな。だから、現場から逃げたとも言ってた。気の小さい男でな」

「人物評はいいから、中身を教えてくれ」

「すまん、すまん。中山の話によると、彼女とホテルへしけ込むつもりで、あのあたりをウロウロしていたらしい。それで、少し先のホテルからカップルが出てきたんで、空いたかもしれないと思い、行こうとしたら、彼女が急に走り出したということだ」

「なぜ、ミチは走り出したんだ？」

「それはわからないようだ。ただ、中山の話では、ホテルから出てきたカップルを追うように走っていったという話だ」

「カップルを？　特徴は？」

「若いカップルだったと言ってる」

「若いカップル……」

「一応、そのカップルを捜してはいるんだが、若いカップルなどゴマンといるからな。まず、特定は不可能だ」

楢山は口をへの字に曲げた。

若いカップル。もしかして、ミチはまた、亜弥らしき姿を見つけたのか？

もし、カップルを追っていったのだとすれば、そうとしか考えられない。

渋谷の事件とミチの死に、何らかの関係があるというのか？

竜司は思考を巡らせつつ、ビールを飲み干した。


三日後。深夜の同じ時間にゲームセンター前で、香川と待ち合わせた。

香川は遅れず、待ち合わせ場所へやってきた。

「どうも！」

ヘラヘラしながら、腰を低くして駆け寄ってくる。

「アニキ、早いですね」

「誰がアニキだ。何かわかったか？」

「確かな情報じゃないんですがね。ババアが殺された路地で、黒い人影を見かけたってヤツがいるんですよ」

「黒い人影？　何だ、それは」

「全身黒ずくめの二人組だったらしいです。何するわけでもなく、路地裏をうろついてたみたいで」

「特徴は、それだけか？」

「一人は、坊主頭だったらしいですね。暗闇でも見えるほどだから、坊主というよりは、スキンヘッドだったんじゃないかと思いますけど」

「スキンヘッドの男か……」

「でね、アニキ。おもしろいことがわかったんですよ。その黒ずくめのスキンヘッド。例の渋谷の事件のときも、見かけたヤツがいるんです」

「本当か、それは！」

「事件当日の夜、現場付近で歩いてる女をひっ捕まえて、無理やりビル陰に連れ込んでヤッてたらしいです」

「レイプしてたというのか？　あんな事件が起こった現場のすぐ近くで」

「みたいです。俺の舎弟《しゃてい》が見たってんだから、間違いないですよ。なかなかのいいネタだったでしょ」

「襲われた女の身元はわからないか？」

「そりゃあ無理です。よほどそこにいなきゃいけない理由でもない限り、レイプされた街になんか二度と来ませんよ。怖くて。でも、スキンヘッドのほうは調べさせてます。近いうちに、また何かわかると思いますよ」

「すまんな」

「気にしないでください。うちのオヤジがもぐらの頼みは聞いとけ、と言ってるんですよ。睨まれたら、組ごと潰されると思ってるようで」

苦笑する。

「そいつは結構だ。じゃあ、引き続き頼む。三日後、またここに来る」

竜司が言うと、香川は頷いて、街中へ消えた。


事務所へ戻った竜司は、電気もつけず、ソファーに寝転がって、天井を見据えていた。

渋谷の事件とミチをつなぐ接点といえば、竜司と南兄妹だけ。

だが、なぜミチが殺されなければならなかったのかがわからない。

ミチが何かを知ってしまったのか。もしそうなら、自分に話さないはずがない、と竜司は思う。

『見たのよ、ホテル街で』

やはり、亜弥が関係しているのか。

しかし、亜弥は渋谷の事件では被害者。ホテルで発見されたからといって、何もミチを殺すことはない。

殺したのが、香川が仕入れてきた黒ずくめの二人組だとしても、それが亜弥とは結びつかない。

どういうことなんだ……?

あの二人に会って、直接聞いてみるしかないか。

竜司は起き上がってデスクの端に座り、受話器を取った。頭に入れていた修輔の携帯の番号を叩く。

呼び出し音が鳴る。午前四時。修輔は寝ているだろうが、メッセージは入れられる。阿佐ヶ谷のファミレスへ呼び出したときも、修輔の携帯にメッセージを吹きこんでおいた。

呼び出し音が切れるのを待った。

メッセージが流れる。

しかし、そのメッセージは――。

〝この番号は、現在使われておりません〟

7

竜司は、夜明けと共に九段にある昭立大附属清流高校に出向いた。

午前七時前。学校の正門は開いているが、生徒たちの姿はまばらだった。竜司は、そのまま玄関前のロータリーまでバイクで乗りつけ、校舎内へ入った。

受付を覗いた竜司は、ジーンズの後ろポケットから黒い名刺大のカードケースを取り出し、チラッと見せた。

「警察の者です。お宅の在校生のことで、調べてもらいたいことがあるのですが」

竜司は小声で言った。

受付に座っていた女性事務員は、表情を硬くした。

一般人が警察官の身分証を目にすることはない。だから、黒い革製のケースを見せて警察だと言うと、信用してしまうところがある。法には触れるが、今は小さなことに構っていられなかった。

「あの、ただいま、校長は席を外しておりまして」

「いえいえ、校長先生に話があるわけじゃないんです。在校生の南亜弥という女の子の連絡先を知りたいだけなんです。調べてもらえませんか」

「許可なしで、そういうことはちょっと……」

「こちらも、できれば、穏便に済ませたいんです。校長にまで話が届くと、教育委員会やPTAが出てくるでしょう。そうなると、マスコミに嗅ぎつけられて、学校は評判を落とすことになります。それを未然に防いだとなれば、あなたの評価も上がると思いますが」

「ですが……ちなみに、その生徒は何を?」

「援助交際です」

竜司は、適当なことを言った。麻薬といえば、事務員は卒倒《そっとう》するだろう。

「援助交際ですか!」

「そうなんです。その南亜弥という生徒が、援助交際をしているという情報がありまして。まずは確認をしたいんですよ。そして、もし事実なら、法で裁く前に、やめさせようかと思いまして。そうすれば、誰も傷つかずに済む。そうじゃありませんか」

語気を強める。

女性事務員は戸惑っていた。竜司は、動揺を見て取り、もうひと押しした。

「今、調べてもらえば、何事もなかったで終わる。つまり、あなたが一人の女子生徒を救うことになるわけです。彼女を救ってあげましょう」

熱弁すると、女性事務員は深く目を閉じて開いた。

「わかりました。ここだけの秘密ですからね」

「わかってます」

竜司は微笑んだ。

事務員は手元にある端末に、指を置いた。

「字は、どういう字ですか？」

「東西南北の南に、亜細亜の亜に、弥生の弥です」

竜司が言う通りの名前を打ちこんで、全校生徒の名簿を検索する。結果はすぐに出た。

「我が校に、そういう名前の生徒はいません」

「えっ？　そんなはずは——」

「南亜弥ですよね」

再び、検索を行なう。が、結果は同じだった。

事務員が息をついた。

「刑事さん。申し訳ありませんが、南亜弥という生徒は在学しておりません。お引き取りください」

事務員は冷たい口調で言った。

あの女の子は、南亜弥じゃないのか？　しかし、写真の彼女は、確かに清流高校の制服を着ていた。

どうなっているんだ……。

考えていたとき、ふっと浅井和実の顔が浮かんだ。

彼女も清流高校だ。身元を確かめたから間違いない。彼女なら、何かを知ってるかもしれない。

清流高校を後にした竜司は、その足で東京郊外にある薬物中毒患者を専門に扱う病院へ向かった。

自然に囲まれた広い敷地の中に、白い建物がそびえている。外観だけ見ると、郊外の大学のような美観だった。

しかし、一歩中へ入ると、どこかしら淀んだ空気が満ちていた。

竜司は、受付に顔を出した。

「すみません。浅井和実さんに面会したいんですが」

「許可はお取りになってますか？」

「いえ。ただ、急ぐもので。面会を許可していただけませんか？」

「親族以外は、認められません」

「そこを、何とか。そうだ。今から言う番号に電話してくれますか」

竜司が言う。

受付の看護師は、怪訝そうな顔をしながらも、受話器を取り上げた。

竜司は、本庁の刑事局長室直通の番号を告げた。看護師は仏頂面でダイヤルし、受話器を耳に押し当てた。

「もしもし。そちら、どなたですか。——えっ、瀬田刑事局長ですか！　失礼しました！」

電話の向こうで瀬田が名乗ったとたん、看護師は背筋を伸ばした。

目を丸くして、竜司を見やる。

「影野を知ってますすか、と訊いてみてください」

「局長。影野という方をご存知ですか？　はい。はい——」

看護師は瀬田の返事に頷き、受話器を差し出した。

「局長です」

竜司は会釈《えしゃく》して受け取り、受話器を耳に押し当てた。

「瀬田さん。影野です」

——何をしとるんだ、そんなところで。

「浅井和実にちょっと訊きたいことがあるもので病院へ来たんですが、面会の許可が下りなかったもので」

——白根組の関係か？　麻薬がらみの話か？

「それはまた、近いうちにお話しします。許可を出してもらえませんか」

——わかった。替わりたまえ。

瀬田が言う。

竜司は、看護師に受話器を差し返した。

看護師は両手で受け取った。

「はい。そうですか、わかりました。そのように手配します。はい、失礼します」

丁寧にお辞儀をし、受話器をそっと置く。

「影野様。失礼しました。局長の許可証は後ほど届けられますので、ご面会なさってください」

「直接、行っても構わないんですか？」

「はい。三〇五号室の四人部屋です」

看護師は言った。

竜司は、差し出された入館証を胸元につけて、病室へ上がっていった。

三〇五号室の前に立つ。病室の名札には、四人の女性患者の名前が書かれていた。その中に、浅井和実の名前がある。

ノックして、ドアを開けた。顔を覗かせる。

すぐさま、和実の声がした。

「あっ！　もぐら！」

左奥のベッドに和実がいた。

「よお。元気そうだな」

「何しに来たんだよ！」

「様子を見に来たんだ」

病室へ入る。

他のベッドで横になっている女の子たちに会釈をする。みな、十六、七歳の少女だった。

竜司は、和実のベッド脇のイスに腰を下ろした。

「少しふっくらしたな。肌の色艶もずいぶんいい。髪も切ったんだな。ショートのほうが似合ってるぞ」

「よけいなお世話だよ。まったく。あんたのせいで、こんなところに閉じ込められてんだからね！」

和実は、毒づいて膨れっ面を見せる。が、竜司は心地よかった。

池袋の暴力バーの隅で震えていた痛々しい姿からすれば、憎まれ口を叩いても、元気のあるほうがずっといい。

「ご両親は、来られるのか？」

「母親はしょっちゅう来るよ。もう、うるさくてたまんないってカンジ。お父さんは、仕事が忙しいからって、一回来たっきりだよ。でも、仕事だから、仕方ないよね」

和実は淋しそうな表情を見せる。それでも母親が懸命に接しているからか、和実の言葉に刺々《とげとげ》しさはなかった。

これなら、退院しても大丈夫だろう。竜司はそう感じた。

「あのな。ちょっと、訊きたいことがあるんだけど、いいか？」

「悪いって言っても訊くんでしょ？　何よ」

「南亜弥って女の子を知らないか？」

「南亜弥？」

「清流高校の生徒のはずなんだ。この子なんだが――」

竜司は、借りたままになっていた亜弥の写真を和実に見せた。

「なんだ、ユウカじゃない」

和実は、写真を見た途端、言った。

「ユウカ？　南亜弥じゃないのか？」

「そんな名前じゃないよ。ユウカ。この制服、私のだよ。一度、清流の制服で歩きたいって言ってたから、貸してあげたんだ。やっぱ似合ってるよね。かわいいから」

「どこに住んでるんだ？」

「知らない」

「知らないって。友達じゃないのか？」

「ただのメル友。渋谷で会って、携帯アドを交換しただけ。時々、メールをやりとりしたり、渋谷に行った時に電話して、いたら会ったり」

「それが友達なのか？」

「そうだよ。学校の友達みたいにベタベタしてなくて、いいじゃん」

和実は当たり前のように言う。

竜司には、どこがいいのかわからない。楢山や宇田桐とつるんでいた時のことを思い出す。飲んで、笑って、時にはケンカもして。だからこそ、長く友達でいられると思うのだが。

そんなことを口にしても、和実たちには、オヤジの説教ぐらいにしか聞こえないのだろう。竜司は、言葉にするのをやめ、話を続けた。

「ユウカの携帯番号はわかるか？」

「わかるけど、たぶんもう通じないよ。プリペイドだろうから」

「制限付きの携帯か？」

「そう。あのへんの子たちが使ってる携帯ってプリペイドが多いんだよね。中にはトバシ携帯を使ってる子もいるし」

トバシ携帯というのは、他人名義で携帯電話を購入し、実際の使用者の身元はわからないよう細工をした携帯電話のことだ。料金未納で使えなくなるまで、身元を隠したまま使い倒せるので、犯罪に使われることも多い。

「私もそうだった」

和実と話していると、竜司の後ろの子が話しかけてきた。

「私も友達にもらったトバシ使ってたよ」

「私は、ちょっとヤバイ人から買った」

一人がしゃべり出すと、他の二人も口を開いた。自慢したいのか、しゃべりたいのか。わからないが、無視することはない。

「みんな、渋谷で遊んでたのか？」

女の子たちが頷く。

「ケータイに保存してる写真を見せ合ったら、和実と一回、会ってたんだよね、どこかで」

斜め向かいのショートカットの女の子が言った。

「そうそう。もう、びっくりってカンジ。こんなところで会うなんて」

こんなところもないだろう……。あきれて、言葉も出ない。

「君たちも、この子を知らないか？」

竜司は、持っていた写真を一枚ずつ、彼女たちに見せてみた。

「あっ、カナじゃん！」

「違う、ヒロミだよ」

「これ、アケミちゃんだ」

三人が三人とも、違う名前を口にした。

どうなってるんだ……？

「違うって！　絶対にこれユウカだって」

竜司そっちのけで、女の子たちはワイワイと話し始めた。

「ねえ、もぐら。ユウカ、何かしたの？」

和実が訊く。

「たいしたことじゃないんだ。ちょっと訊きたいことがあってな。どこにいるか、知らないか？」

「知らない。でも、渋谷にいれば会えるんじゃない？　私たち、みんなそこでユウカと知り合ってるから」

「だから、カナだって」

「違う！　ヒロミ！」

また、騒ぎ出す。

竜司は、彼女たちにそれ以上のことは訊かなかった。訊く必要もない。

はっきりした事実は一つ。

南亜弥という少女は存在しない。

そして、兄と名乗った南修輔もいない。

あいつら、何者だ……？

念のため、和実たちに聞いた携帯の番号に電話をしてみたが、どれも通じなかった。

南亜弥と修輔の兄妹は、竜司の前から完全に姿を消した——。

第四章　蠢く影

1

「A班、容疑者の状況は？」

——アブダビ、他数名確認しています。

「B班、状況を」

——動きなし。容疑者ハッサンは部屋にいます。

「C班、状況は？」

——容疑者ラシム、他女性一名。確認しています。

「よし」

垣崎は、無線マイクを握ったまま、腕時計に目を落とした。午前九時五十八分。この機を逃す手はない。

マイクのスイッチを押す。

「全班、一〇：〇〇に、突入。容疑者確保と同時に家宅捜索。同室している者も検挙すること。なお、犯人は武器を所持している可能性がある。くれぐれも注意するように。以上」

——了解。

——了解。

——了解！

無線機に各班からの返事が返ってくる。準備は万全だった。

垣崎が率いる組織犯罪対策チームは、代々木《よよぎ》公園から渋谷にかけて麻薬を売り捌いていたイラン人グループのリーダー格を検挙しようとしていた。

内偵は、二ヶ月前に済ませていたが、同時に踏みこむタイミングがなかなか計れなかった。

密売組織の検挙で難しい点は、二つある。

一つは、複数いるリーダー格を一挙に押さえなければならないところ。ブツを握っているリーダー格の一人にでも逃げられてしまえば、そこからまた組織は再生してしまう。

もう一つは、証拠があること。麻薬密売犯の検挙は、現行犯逮捕が原則だ。踏み込んでも、証拠となる薬物が発見できなければ、逮捕できない。

最低でもこの二つの条件を満たしていなければ、仮に踏み込んでも、時間をかけて進めてきた内偵が無駄になってしまう。

垣崎は、逸《はや》る気持ちを抑えて、すべての条件が整うときを待っていた。

そして、ついに時は訪れた。

内通していた複数の情報筋から、三人が密輸した麻薬を分け持ち、三人揃《そろ》って家にいる日にちが特定できた。それが、十月下旬の今日だった。

窓から覗く空は、垣崎たちの出陣を鼓舞《こぶ》するかのように、晴れ渡っている。

失敗は許されない。特に、グループ全体のリーダー格・A班のアブダビだけは、何があっても捕らえなければならない。

現場へ行きたかったが、垣崎には全体を仕切る役目がある。あとは、総勢五十名の組対部員を信じ、完遂することに賭けるしかない。

腕時計を覗いた。三十秒を切った。無線マイクを握る手が汗ばむ。緊張と興奮で心臓が破裂しそうだった。

十秒を切る。九、八、七……。

無線マイクのスイッチを入れた。

三、二、一……。

「突入！」

垣崎は号令をかけた。

最初に動いたのは、C班だった。ラシムは、原宿《はらじゅく》の路地を入ったところにある小さなマンションに住んでいた。

C班担当の捜査員たちは、建物周囲を取り囲み、非常階段と窓のある口をすべて押さえた。

捜査員三人は、正面から攻めた。

インターホンを押す。中からすぐ、応答があった。

――ハイ。

「宅急便ですが」

少しの間、沈黙がある。そしてまもなくドアが開いた。捜査員は、開いたドアを握り、引き開けた。

「警察だ。麻薬及び向精神薬取締法違反で、家宅捜索をする」

令状を突きつけ、ラシムを中へ押しこむ。ラシムは、呆気に取られ、動くことすらできなかった。

B班が狙うハッサンは、連れ込んだ女と朝からセックスをしていた。ベッドに仰向けたハッサンの股間に女が跨《また》がり、踊っている。

ハッサンは、組んだ手の平に後ろ頭を乗せ、よがる女の顔をじっと見つめていた。

ベッド脇のテーブルには、昨日渡された覚醒剤の塊がある。袋の中央には、少し穴が開き、白い粉が飛び出している。

ハッサンは、長い指を伸ばして粉を少しすくい、女の鼻先に突き出した。女は、その粉を思いっきり吸いこんだ。

「はああ……ハッサン！」

「ドウダ？」

「いい！　頭の先までツンと来る。ステキ！　ああ、グルグルしてる、グルグル……」

女が嬌声《きょうせい》を上げる。

フム、マアマアダナ。女の反応を眺めながら、小さくうなずく。

ハッサンは、手に入れたブツは必ず一度、自分で試してみる。いくら、アブダビから渡された物だとはいえ、分け与えられたあとは、独立採算制。ヘタなブツをつかまされれば、自分の信用に関わる。

もし、粗悪品をつかまされたときは、アブダビといえど、殺る覚悟があった。

「はあああっ！　弾けてる！　虹が弾けてる！」

女は、腰を揺らしながら仰け反った。

その時、玄関のベルが鳴った。

ダレダ……？

ハッサンは壁にかけた時計を見た。午前十時を少し回ったところ。仲間が来ることにはなっているが、それは昼過ぎだった。

「ドケ」

ハッサンは、女を振り下ろした。

ベランダ側の窓の陰から、外を覗いてみた。じっと庭に目を凝《こ》らす。人影は見当たらない。

気ノセイカ……。

息をついたとき、突然、玄関ドアをこじ開けられ、複数の足音がなだれ込んできた。

「警察だ！　ハッサン！　麻薬及び向精神薬取締法違反で逮捕する！」

「クソッ」

ハッサンは、ベランダ側のドアを開けて飛び出した。

ハッサンが住んでいたのは二階だ。踏みこまれた時のことを考え、わざと低い階に部屋を借りていた。

裸のまま、庭先へ飛んだ。着地する。と、陰に隠れていた捜査員が、ハッサンを取り囲んだ。

「チクショー！」

喚きながら腕を振り回す。

体格のいい捜査員がタックルを浴びせる。ハッサンはあっけなく倒され、複数の捜査員に押さえこまれた。

「放セ、放セ、放セ！」

暴れる。が、あえなくハッサンの手首に手錠がかけられた。


西麻布《にしあざぶ》にあるアブダビの私邸には、部下が集まっていた。総出で覚醒剤の仕分け作業に追われている。

白い粉をパケと呼ばれる小さなビニール袋に詰めて、口を閉じていく。数名の部下は、黙々と作業をこなす。

アブダビは、部下がドラッグをちょろまかしたりしないよう、現場の端に座り、じっと作業を見つめていた。

アブダビは、七和連合の握っていた客がどれくらい奪えるかを考えていた。

七和連合が潰されて二ヶ月。分割していた顧客の四分の一が浮いたままになっている。すべていただきたいところだが、中国人グループと光臨会を怒らせて、戦争になるのはうまくない。

それこそ、警察に持っていかれるチャンスを与えることになる。他の二つのグループもそう思っているのか、浮いた顧客に手を出そうとしなかった。

話シ合イヲスルシカナイナ――。

アブダビは腕組みをして唸り、作業を見つめていた。

すると、玄関のベルが鳴った。

「ダレダ、今ゴロ……」

アブダビの目つきが険《けわ》しくなる。仕分け作業中は、ちょっとしたことにも神経が尖る。

「ボス」

部下がアブダビを見る。アブダビは、小さく頷いた。

部下の男が部屋を出て、玄関へ向かう。アブダビは、部屋にカギをかけた。他の部下たちも作業を止め、玄関口の物音に注意を払う。

「ダレダ？」

「郵便です」

「ポストニ入レテオケ」

「書留《かきとめ》なんです。サインをいただかないと」

不審に思いながらも、部下はチェーンをかけたままドアを開けた。

瞬間、隙間から大きなカッターが飛び出してきて、チェーンを切った。

「警察だ！」

玄関口の声を聞いて、アブダビは立ち上がった。

右腕を振る。部下たちは、すばやい行動で、床下に作ったボックスに仕分け中の覚醒剤を隠そうとした。

しかし、それより早く大勢の足音が部屋へ迫ってきた。

ドアノブを握った捜査官が、ガチャガチャとドアを揺らす。

「ここだ！」

廊下で声がする。

「銃ヲ貸セ！」

怒鳴る。

部下は、床下のボックスに置いていたリボルバーを取り、アブダビに投げた。

アブダビは、銃を握ると、ドアの向こうめがけて、引き金を引いた。

銃声が轟いた。

ドアに穴が空いた。

ドアの向こうで、悲鳴が聞こえた。

アブダビは、六発の銃弾をドアに撃ちこみ、部下の後ろに回りこんだ。

「入ッテクルヤツハ、皆殺シニシロ！」

命令する。

部下は各人拳銃を握り、ドア口に向かって撃ち始めた。

ドアに無数の穴が空く。カギが壊れ、ドアが揺らぐ。捜査員は、そのドアを蹴り倒した。

応戦する。

部屋の中は、たちまち銃声と硝煙に包まれた。捜査員が放った銃弾が、アブダビの部下の肩口や腕に当たる。

部下たちが悲鳴を上げ、一人、また一人と倒れていく。

劣勢とみたアブダビは、シリンダーに新しい弾をこめると、裏口へ続くドアのカギを撃った。

部下を見捨て、逃亡を図る。庭に飛び出て外壁の向こうへ飛ぼうとする。

「動くな！」

そこを建物の陰から出てきた捜査員たちが取り囲んだ。みなアブダビに銃口を向けていた。

アブダビは、飛ぶ寸前で立ち止まった。背を向けたまま、両手を挙げる。

A班のリーダーを務める三ツ木《みつぎ》が、アブダビの背後に近寄った。アブダビの右手から銃を取る。

「麻薬及び向精神薬取締法違反、並びに銃刀法違反の現行犯で逮捕する」

三ツ木はアブダビの腕をねじ上げ、後ろ手に手錠をかけた。

「チクショウ……ドウシテ今日、踏ミコンデキタンダ」

「おまえらみたいな連中に、裏切りはつきものだろ。運が悪かったと思って、あきらめるんだな。連れて行け」

三ツ木は、部下にアブダビを任せると、車に戻った。

覆面パトカーに乗せられていくアブダビや他の犯人たちを見ながら、無線を握る。

「こちらA班、アブダビ以下、数名を検挙しました――」


「――負傷者はすぐ病院へ搬送するように。ご苦労だった」

垣崎は無線マイクに向かってそう言うと、ようやく息をついた。

「垣崎くん、どうかね？」

瀬田が入ってきた。

「イラン人グループのリーダーは、全員検挙し、証拠品も押収しました。成功です」

「そうか。よくやった。初めての仕切りにしては、立派だったな」

「ありがとうございます」

垣崎の顔に笑みがこぼれた。

「これで、渋谷を拠点とする密売グループは二つだけになったということか」

「中国人グループと光臨会だけです。近いうちに、その二つも内偵して、一挙に潰してやりますよ」

「勢いがあるのは結構だが、くれぐれも慎重にな」

「はい」

垣崎は返事をして、口元を引き締めた。

2

竜司は、南修輔と南亜弥の行方を探していた。

今のところ、亜弥がセンター街付近のゲームセンターによく出没していたということしかわかっていない。手がかりはそれだけだ。

依頼人には、詳しい身元を訊かない。だからこそ、竜司の下に仕事が舞い込むという一面もある。が、今回ばかりは、それが仇《あだ》となった。

住所はもちろんのこと、修輔が通っている大学名すら知らない。修輔が本当に大学生なのかも怪しい。

ここは、とにかく亜弥を見つけ出すしかない。

竜司は昼夜かまわず、ゲームセンターに出入りしては女子中高生を捕まえ、亜弥の写真を見せた。

亜弥を知っている者も何人かいた。が、専門病院で和実たちから聞いた情報と変わりない。偽名を使い、プリペイドやトバシの携帯番号とアドレスを教えているだけ。

もちろん、それらの携帯に連絡はつかない。さらに渋谷の事件以降、亜弥の姿を見たという者はいなかった。

「もぐらのダンナ」

午前〇時前。

閉まりかけたゲームセンターから出てきた竜司に、若い男が声をかけてきた。香川の舎弟で渋谷の小さな組に身を置いている松尾《まつお》という男だ。

松尾には、黒ずくめのスキンヘッドの情報集めを頼んでいると同時に、南亜弥に関する情報も集めてもらっている。

「ご苦労。何かわかったか？」

「南亜弥って女は、顔は知られてるんですけど、ほぼトバシ携帯を使ってるもんで、ダンナと一緒で、連絡は取れません。ヤサを知ってるヤツもいないですね。ただ、亜弥が関係した女子高生は、どこかそこかでヤクをやってます」

「売人だったということか？」

「いえ。女から買ったってヤツはいません。遊び歩いててナンパされたり、拉致されたりして、ヤク漬けになったヤツがほとんどです。ひょっとしたら、バイヤーかもしれませんね」

「バイヤー？　売人じゃないのか？」

「仲介者です。声かけてみて、ヤクに興味のありそうなヤツとか、末端で使えそうなヤツを選別して、名前や連絡先を聞き出し、それ系の連中に売り渡す。名簿の売買をしてる連中と同じです」

「そんなことしてる者がいるのか？」

「その亜弥っていう女みたいに、計画的にするヤツは知りませんがね。友達の携帯番号とか売ってるヤツは、いくらでもいます。ヤツラにルールなんてないですから」

松尾は鼻を鳴らした。

もし松尾の言うとおりだとすれば、亜弥が友達を売っていた相手とは誰なんだ。修輔か？

竜司は腕を組み、首を傾けた。

「それとね、ダンナ。黒ずくめの連中のことなんですが、一部で〝ブラックバーズ〟なんて呼ばれてる集団があるみたいです」

「ブラックバーズ？」

「ＢＬＡＣＫ　ＢＩＲＤＳ。シャブの呼び名です。ふざけた連中ですよ、まったく。ヤサとか人数はつかめてないんですがね。噂だと、かなり狂暴な連中らしい。得体が知れないんで、噂に尾ひれがついてるだけかもしれないですけど」

「正体はつかめそうか？」

「なんとかやってみます。わかったら、直接会ってもいいし、香川の兄貴に伝えといてもいいし。ダンナの好きにしてください」

「悪いが、頼む」

竜司は、ポケットから万札を五枚出すと、松尾に手渡した。

「いつもすいませんね。なんせ、オレらもしのぎがきついもんで――」

松尾はポケットに札を突っ込み、街中へ消えた。


松尾と別れた後、竜司は紗由美の家に顔を出した。

「ブラックバーズ？　聞いたことないなあ、そんな名前のグループ」

紗由美は、缶ビールを竜司に手渡し、テーブルを挟んで差し向かいに腰を下ろした。

「かつがれたんじゃないの？　最近のヤクザって、結構、せこい手でお金を取ったりするから」

言って、紗由美はビールを口に含んだ。

「それはない。俺のことは、香川から聞いてるはずだ。ウソをついたらどうなるかぐらい、ヤツもわかってる」

「ウソじゃないとしたら、新しいグループかもね。このところ、わけのわかんない連中が増えてるんだ。七和連合が潰されたでしょ。あいつらもろくなもんじゃなかったけど、街の目付けでもあったから、若いコたちも彼らが睨みきかせてるときは、ムチャもほどほどだった。でも、七和連合のタガが外れて、若いコたちの行動はエスカレートするばかり。私も商売がやりにくくて仕方ない……」

深いため息をついた。

跳ねっ返りが多い街だ。時に裏の力で抑えることも必要なのだろう。

「光臨会はどうしてるんだ？　若いヤツらを野放しにするような連中ではないはずだが」

「今、それどころじゃないんじゃない？　こないだ、イラン人グループが摘発されたでしょ」

「ああ」

「結果、渋谷でドラッグを捌いてる組織は、光臨会と中国人グループだけ。いつ、自分のところに手入れが入るか心配してるところもあるみたいだけど、それより、この機に中国人グループが市場を独占しようと動き始めることのほうが怖いみたい。それは、中国人グループのほうも同じ。お互いでピリピリしてるから、もう街の雰囲気が悪くて悪くて」

「動きそうか？」

「今のところは静観の構え。どっちも、かなり警察を気にかけてるみたいだから。売人の姿も少なくなってる。だから、若いコたちが平気でグループを作り出したんだよ。私にまで、ショバ代よこせなんて言ってくるんだよ」

「ひどいな……」

「こないだもね。まだ人通りが多いのに、平気で女の子を拉致しようとしてた男の子たちがいたんだ。女の子は助けてあげたけどね。……そういえば、あの時、女の子をさらおうとしてた連中、黒ずくめだったな」

紗由美は、斜め上を見ながら、思い出したように言った。

「スキンヘッドじゃなかったか？」

「違うよ」

「そうか……」

「竜司さん。私も調べようか？　それなりに顔は利《き》くから、いろいろわかるかもしれないし」

「やめとけ。もし、黒ずくめの連中がアッパーズの事件に関係しているとすれば、おまえの身が危なくなる」

「私、竜司さんのためなら、死んでもいいのに……」

「そんなくだらん死に方するな」

「私にとっては、最高の死に方だから」

紗由美がじっと竜司を見つめた。

その顔が美雪とダブる。

竜司は紗由美を見つめ返し、言った。

「俺のためだと思うなら、死なないでくれ。俺はもう、自分のせいで大事な人が死んでいく姿を見たくはないんだ」

「大事な人？　竜司さん、本当にそう思ってくれてるんだ？」

「ああ。だから――」

紗由美はテーブルを押しのけ、竜司にしがみついた。

「紗由美、俺は……」

「いいの。抱いてくれなくても。そう言ってくれるだけでうれしい。私にそんなこと言ってくれるの、竜司さんしかいないから。私、死なない。竜司さんが生きててほしいなら、絶対に死なない。その代わり、竜司さんも死なないで」

「……死なないよ」

竜司は紗由美を抱き締めた。

3

「おい、てめえら。この女を知らねえか？」

松尾は連夜、南亜弥とブラックバーズについて調べていた。

「知らないっすよ」

「本当だろうな。ウソついてっと、渋谷に来れねえようにするぞ」

少年たちを睨み据え、そう脅す。

見た目小柄で、一見迫力など微塵も感じない風貌《ふうぼう》だが、そこは代紋を背負った本物のヤクザ。チンピラを気取っている少年たちぐらいは抑えきれる。また、少年たちも松尾が本物だと知っているから、手は出さなかった。

とにかく確実な情報がほしかった。

竜司は、いつも三万から五万の情報料をくれる。小出しにして稼ぐ方法もあるが、組には内緒でやっているしのぎ。そろそろ、まとまった金をつかみ、手を引きたい。

松尾は、夜の渋谷の路地をうろつきながら、若い連中を見つけては、片っ端から聞いていた。

しばらくは、遊んでいる連中しか捕まえなかった。が、似たような情報しか出てこない。

この頃は、素人っぽい少年少女たちにも声をかけていた。

通りかかった大学生ふうの男の肩を、無理やりつかんで引きとめた。

「ちょっとニイちゃん。この女、見かけたことねえか?」

顔の前に写真を差し出す。男は写真を見て、そのまま視線をチラッと松尾に向けた。

「見たことあるような、ないような……」

「思い出せねえか?」

「うーん。どうだったかなあ……」

男は、しきりに首をかしげる。

「まあ、いい。何か思い出したら、ここへ連絡くれや」

ゲームセンターの機械で作った専用名刺を男に渡した。名刺には、名前と個人の携帯の番号が入っている。

男に名刺を渡すと、すぐ離れ、他の少年に声をかけた。

ずっとこうして、名刺をばらまいている。ヘタな鉄砲じゃないが、いつかは当たるだろうと思っていた。

大学生ふうの男は、歩道の隅に行くと、自分の携帯を取り出した。短縮ダイヤルを押す。

「……あっ、もしもし。野村さんですか。山形です。センター街で、理子《りこ》さんのことを探ってるヤツがいたんで、報せとこうと思いまして。はい……はい。いつでも連絡はつきますよ。ごていねいに名刺までくれましたから」

山形という男は、手に持った名刺を振りながら、次々と若者に声をかける松尾をじっと見据えた。


「ちっ……今日も収穫なしか」

松尾は、居酒屋で一人、酒を呷っていた。一日中歩き回っているからか、酒がうまい。本当はもっといい飲み屋に行きたいが、組が経営するバーに一人で行くほど偉くはない。他の場所へも行きたいが、金はない。

「ぺーぺーはつれえな……」

独りごち、テーブルに寝そべるような格好で、熱燗《あつかん》をチビチビと飲んでいた。と、テーブルに置いていた携帯電話が鳴った。

「はい、松尾」

――いきなり、すみません。今日の昼間、センター街で名刺をもらった山形という者なんですけど。

「お、おう！」

松尾は、ガバッと身を起こした。

「何か知ってるってのか！」

──彼女、僕の知り合いだったんですよ。

「本当か、それは！」

──はい。写真の雰囲気が違うんでわからなかったんだけど、間違いないです。理子って子なんです。今から、その子たちと会うんだけど、よかったら、一緒に来ますか？

「おう、そうか。どこだ」

──代々木公園と国立競技場をつなぐ陸橋の下で待っててもらえますか。僕も、十分ぐらいしたら行きますんで。

「わかった、すぐ行く」

松尾は携帯を切って、ニヤリとした。

脳裏には、札束が躍っていた。

深夜の代々木公園周辺は、恐ろしいほど静かだった。街灯は並んでいるが、広大な暗闇に吸いこまれ、明るさを感じない。

松尾は、陸橋下の階段の近くで、男を待っていた。どんな男が来るんだろう。配った名刺の数が多すぎて、いちいちどんな連中に配ったのか、覚えてはいない。

陸橋の壁には、まだ歩行者天国があった頃をしのばせる落書きがあった。その下に、浮浪者が寝ている。

車はほとんど通らない。薄闇のベンチには、カップルの姿があり、二人の世界に没入し、抱き合っていた。

松尾は、キョロキョロと周りを見回した。

「松尾さんですね」

いきなり背後から声がかかり、松尾は肩を竦ませた。振り向く。

賢そうな大学生ふうの男が立っていた。

「山形か？」

「はい、そうです」

山形は、ニッコリと微笑んだ。

「女を知ってるってのは本当か？」

「本人に写真の雰囲気を伝えて確かめてみました。間違いないですよ。さあ、行きましょう」

山形は通りのほうに歩き出した。

「こんな時間に、どこへ行くんだい」

「ホームパーティーやってるんですよ。そこに、みんな集まってて」

「いいのか？　オレみたいなヤツが行って」

「構いませんよ。理子も、自分を探してる人がどんな人か、会ってみたいなんて言ってましたから。もうすぐ、迎えに来るはずなんだけど……あっ、来た来た」

山形が右方向を見た。黒いＢＭＷが近づいてくる。車は松尾たちの前で停まった。ガラスには、スモークがかかっていた。助手席の窓がスッと開く。

「悪い、遅くなって」

ほっそりした涼しげな顔立ちの男が顔を覗かせた。松尾には、いかにも育ちのいいボンボンに見えた。

「そちらの人？　理子に会いたいって言ってた人は」

「そうです。松尾さんって言うんです」

「そうですか。僕は野村と言います。松尾さん、どうぞ、乗ってください」

野村は言って、松尾に微笑みかけた。

いかにも優しげな笑みが、なんだか気持ち悪い。が、このチャンスを逃す手もない。

山形は、助手席に乗りこんだ。

松尾は後部ドアを開けて、中へ入った。後ろの席に、もう一人の男の影があった。やけに長い髪の毛がうっとうしい。

松尾はシートに座り、ドアを閉めた。オートロックがかかる。車がゆっくり滑り出す。

「松尾さん。どうして、理子を探してたんですか？」

野村が訊いた。

「よけいなことを訊くんじゃねえ。てめえらには関係ねえことだ」

「それが、関係あるんだなあ」

野村が言う。すると、隣に座っていた男が、松尾の腕をつかんだ。

「な、何するんだ！」

「動くと死ぬぜ」

腕をつかんだ男が言う。男は、右手にサイレンサー付きの銃を持っていた。

松尾は蒼ざめた。ひと目見れば、本物か偽物かぐらいはわかる。

「あなたには、いろいろと訊かなくちゃならないことがある。誰に頼まれて、理子を探していたのか。だいたいわかってますけどね。それとなぜ、ブラックバーズを探っていたのか――」

野村が言う。

「そういうこと。オレを探してたんだろ？」

銃を握った男が、ニヤリとして首を振った。髪の毛がズルッとずれ落ちる。ヘアピースの下から、スキンヘッドが現われた。

松尾の全身から、血の気が失せた。

「増淵ってんだ。よろしくな」

「ちょうど、ダーツゲームの的が欲しかったんだ。楽しみにしときな」

増淵の言葉に、山形と野村はニヤリとした。

「て、てめえら……」


松尾は、広尾《ひろお》にある小さなビルに連れ込まれた。オフィスビルらしいが、営業している気配はない。

問答無用に地下室へ連れ込まれた松尾は、全裸で壁に貼りつけられた。両手足の首に枷《かせ》をはめられる。背中は、瞬間接着剤でコンクリの壁に固着されていた。

松尾の正面には、大きなダーツを握った男が十名近く並んでいた。

松尾の肉体めがけて、ダーツが飛んでくる。矢が刺さるのは嫌だ。が、動くと、背中の皮が剝がれそうになる。

どうあがいても、痛みからは逃れられないようになっていた。

松尾は拷問を受け続けていた。地下室に松尾の絶叫が反響する。しかし、男たちは意に介さず、ただのゲームを楽しむように次々とダーツを投げた。

松尾の前半身にはいくつものダーツがぶら下がり、肌には血筋が這っていた。

「今度は、オレが投げるぜ」

増淵がダーツを取った。

「やめてくれ。もう、やめてくれ……」

松尾は声を震わせ、哀願した。が、男たちは、取り合う素振りすら見せない。

増淵は、振りかぶってダーツを離した。矢は、回転しながら、松尾の右太腿に突き刺さった。

「ぎゃあああああ！」

松尾は目を剝き、悲鳴を上げた。こめかみから脂汗がドッと噴き出す。

「ちっ！　キンタマ狙ったんだけど、外しちまったぜ」

増淵は舌打ちをして歯嚙みした。

「次はオレだ！」

男たちが、我先にと矢をつかんで前に出てくる。その時、ドアが開いた。

「おい。大事なことを聞き出す前に殺すんじゃないぞ」

野村が現われ、男たちを制した。その横に、写真の女が立っている。野村と写真の女は、ゆっくりと松尾に近づいた。

「てめえ……南亜弥」

松尾は女を睨んだ。

目の前にいる小柄な女は、間違いなく、竜司から〝南亜弥〟と聞かされた女だった。

「あら、懐かしい名前。でも、私、そんな名前じゃないの。笹波《ささなみ》理子。二度と、南亜弥なんてダサイ名前で呼ばないで」

理子は太腿に刺さったままのダーツをつかんだ。切っ先を押しこみ、グリグリと動かす。

「は、あうっ！」

松尾は相貌《そうぼう》を歪めた。太腿の傷口からは、ドクドクと血が溢れた。

「もぐらに頼まれたんでしょ？」

「どうして、それを――」

松尾は瞠目《どうもく》した。

「だって、あんたが持ってる写真、もぐらのところに置いてきたものだもん。こんなことなら、持って帰ればよかった」

理子は普通にしゃべりながら、ダーツを抜いて、また太腿を刺した。

松尾の身体が痛みで痙攣する。

「あいつ、なんで私のことを探してんのよ」

「知らない……」

「マジ？」

理子は、松尾の顔を覗きながら、ダーツをねじ込んだ。

「……本当だ！　俺は、頼まれただけなんだ！　あんたと黒ずくめのスキンヘッドを探してくれって！」

松尾は震えた。痛みがしびれに変わる。

「どう思う？」

理子は、野村に訊いた。

「どうやら、ウソはついていないようだな。おまえの他に、俺たちのことを嗅ぎ回っているヤツはいるのか？」

「…………」

「理子。爪を剝いでやれ」

野村が言う。

理子は、ダーツの矢を抜くと、その切っ先を右足の親指の爪の間に刺した。

「あぎゃあああっ！」

布を切り裂くような叫びが轟いた。あまりの激痛に背が仰け反った。背中の皮がバリッと剝がれた。

理子は、爪の間に突っ込んだ切っ先を起こした。メリッと音がして、爪が浮き上がる。

松尾は喚くこともできなくなり、口唇を震わせた。

「か、香川さん……」

「誰だ、香川というのは」

「し、新宿西尾組のヤクザだ……」

「それだけか？」

「知ってることは話した……もう、やめてくれ」

「ヤクザのくせに、情けないな。山形、増淵。おまえらは、その香川というヤツを捕まえて、訊くことを訊いたあと、始末しろ。今週中にやっとけ」

「はい」

山形が頷く。

「野村さん。ついでに、そのもぐらってヤツも殺っちまいますか？」

増淵が訊く。

「ヤツのことは、ボスと相談してからだ」

「わかりました」

増淵は頷き、部屋を出た。山形が続く。野村は二人を見送り、松尾に向き直った。

「助けてくれ……」

松尾は呻いた。

野村はふっと笑みをこぼし、男たちのほうを向いた。

「この男で遊んでもいいが、まだ殺すな。こいつには、もうひと働きしてもらわなくちゃならないからな」

野村は松尾に背を向けた。ドア口に歩いていく。理子も野村の後ろについて、地下室を出る。

「待て！　待ってくれ！　助けてくれ。助けてくれよ！」

松尾は命を乞うた。

しかし、ドアは無情にも閉ざされた。

4

午前三時——。

香川は、旧新宿コマ劇場前の広場脇にあるゲームセンターの出入口の隅で、竜司を待っていた。

この頃は、週に一度、竜司と会うのがすっかり定例となっている。いつもいつも情報があるわけではないが、定期的に会っていることをアピールしておかないと、組長にどやされる。

組長は、一度自分の店を潰されて、もぐらには懲《こ》りていた。敵にするよりは、味方につけておいたほうがいい。その橋渡し役として、香川は働かされている。

この仕事をきっちりとこなしておけば、少しは、もぐらに店を潰されたマイナスをカバーできるだろう。

「おっ、アニキ！」

竜司の姿を見つけて、香川が大声で呼びかける。竜司はポケットに手を突っ込んだまま、ゆっくりと近づいた。

「香川。そのアニキって言うのはやめてくれないか。最近じゃ、ここいらの連中が、みな俺のことをヤクザと思っているようだし」

「ヤクザみたいなもんじゃないですか。いや、ヤクザよりタチが悪い」

「調子に乗るなよ」

竜司が、ひと睨みする。

香川は首を竦めて、おどけた。

「何か、新しい情報は？」

「特に出てきませんね。松尾からも連絡はないし」

「そっちにも連絡がないのか」

「というと？」

「最近、俺も渋谷での聞き込みに回ってるんだが、ここ何日か、松尾の姿を見かけないんだ」

「女のとこにでも、しけ込んでるんじゃないんですか？」

「にしても、一度も接触しないというのは、どうも気になる。一日一度は顔を合わせていたからな」

「気にするこたあないっすよ。そのうちひょこっとネタ持って、顔を出しますって」

「だといいが……。もしものことがあったとも限らん。おまえも気をつけろ」

「心配いりません。もぐらより怖いもんはないですから」

「また、三日後だ」

「わかりました」

香川は一礼し、竜司の背を見送った。

手に持っていたセカンドバッグをクルッと回し、踵を返す。

「さてと……。俺も、女のとこにでも行って、抜いてくるか」

大久保病院の方へと歩いていく。

その様子を、ゲームセンターの奥から、山形と増淵が見つめていた──。

5

その日の昼すぎ。楢山は、ミチが殺された事件の新しい情報を持って、竜司のところに来ていた。

「犯人が自首してきただと？」

竜司は、イスから身を乗り出した。

「ああ。今朝がたな。梶野《かじの》貢《みつぐ》、猪俣進一《いのまたしんいち》という十六歳の少年たちだ。彼らは、高校中退者で無職。遊び仲間だったらしい。二人とも傷害の前科もあって、自白内容にも、犯人しか知り得ないことが入っている。凶器も特定された。遊ぶ金欲しさに、犯行に及んだらしい」

「間違いないということか」

「そうだな。自白内容と物証を照らし合わせると、本ボシということになる」

楢山が言う。

わずかな金を盗むため、簡単に人を殺してしまう。普通なら考えられないが、最近の犯罪傾向を鑑《かんが》みれば、ありうる話だ。

ということは、南修輔と南亜弥は関係ないということか……？

「しかし、なぜ自首を？」

「彼らは、昨日の夜も犯行を犯してるんだ。大久保公園で人を襲って、バッグごと金を奪ったが、それがヤクザだったものだから、恐ろしくなって、少年院へ逃げこむことにしたと言っている」

「ヤクザを？」

「ああ。新宿西尾組の香川って男だ」

「香川だと！」

　驚いて、つい声が大きくなる。

「なんだ、知ってるのか？」

「ちょっとな……。どう殺されたんだ。やはり、ナイフか？」

「いや。今度は殴り殺したようだ。彼らの自供通り、大久保公園の植え込みの陰から香川の遺体が出てきたが、ひどいものだったよ。顔形がわからなくなるほど、殴られていた。まったく、最近の若い連中は、めちゃくちゃなことをしやがる」

　楢山が渋い顔をする。

「でもまあ、一件落着だ。お宮入りするかもしれないと思っていたから、ヤツラが自首してきて、正直、助かったよ」

　楢山は、そう言葉を続けた。

　しかし、竜司の表情は渋かった。

　連中、先手を打ってきやがったというわけか……。

　竜司は思った。おそらく、梶野と猪俣という二人の少年は、身代わりだろう。口裏を合わせて、物証も持たせ、自供させる。

　楢山の顔を見ていれば、自供内容がずいぶんとしっかりしていたことがわかる。事件は、彼らが犯人という方向で処理されそうだ。

　しかし、香川が殺されたということは、行方知れずになっている松尾が生きている可能性も薄い。

「何か、気になることでもあるのか？」

檜山が、眉間に皺を立て考えこんでいる竜司を目にし、訊いてきた。

「いや……」

竜司は、自分が考えていることは話さなかった。

檜山に言っても無駄だ。彼は、警察官。物証と状況証拠がそろえば、犯人として逮捕するしかない。二人が証言を崩さない限り、立件され、家裁に送られるだろう。

そこまで周到に用意してくるとは。どういう連中なんだ……。

考えていると、檜山が立ち上がった。

「まあ、おまえとの事件がらみの付き合いはなくなったが、ヒマを見つけて、飲みに行きたいな」

「ああ、また来いよ」

「そうさせてもらうよ」

檜山は言うと、竜司の事務所から出ていった。

これで、竜司が南亜弥やブラックバーズを捜す理由はなくなった。別に恨みを晴らしているわけではない。まして、組対の人間でもない。

依頼者からオファーを受け、トラブルを解決するだけだ。

これ以上、深入りする必要はない。

が、どうにも気分は晴れない。偽名を使った連中が何者か確かめなければ、スッキリしない。

どこから攻める？

竜司は考えた。香川も松尾も決定的な情報は残さず消えた。新たに情報屋を使うことも考えたが、おそらく自分に情報が入ってくる前に、香川たちと同じ憂《う》き目に遭うだろう。となれば、あとは俺を直接、狙わせるしかないわけか——。

竜司は、天井を睨みつけた。

6

野村は、松尾を連れ込んだ五階建てビルの最上階に住んでいた。小さなビルだが、テナント用というだけあり、フロア面積は広い。

そこに、ベッドやユニットバスを持ちこんで、生活空間に仕立てている。

すぐ真下の四階は、ブラックバーズのメンバーが集まる部屋になっている。

二階と三階は、パーティールーム兼空き部屋。一階もまだ使われていない。地下一階には武器を収めている。空いた部分を拷問部屋として使っているが、いずれは大事な物を収める貯蔵庫となる。

すべては、野村の思うままに使える。ビルのオーナーだったボスが、渋谷を狙う拠点にと、プレゼントしてくれたものだった。

野村は裸のまま、ベッドに仰向けに寝ていた。隣には全裸の理子が横たわっていた。野村の胸に頰を乗せ、まったりとしている。野村は、携帯電話を耳に当てていた。

「ボスの言う通りに処理しました。新宿の事件は、すべて梶野と猪俣がやったということになりました。はい……大丈夫です。特に口の堅い二人を選びましたから。出てくれば幹部という土産付きです。口を割ることはないですよ」

野村は、理子の頭を撫でた。

「影野竜司は殺らなくていいんですか？　はい、はい……そうですか。じゃあ、放っておきます。では、今夜から本計画を実行して構わないんですね？　わかりました。そのように段取ります」

野村は言って、携帯を切った。ベッドの脇に放る。理子が顔を上げた。

「ボス、何だって？」

「本計画を実行しろとのことだ」

「もぐらは？」

「放っておけだと。まあ、殺すこともない。また、何かで使える時もあるだろう」

「何度も騙《だま》される大バカ者ってわけね」

「そういうことだ。理子。これで渋谷は僕のものになる」

「私、ついてくよ。賢についてく。だから、捨てないでね」

「当たり前だ」

野村は理子を抱き寄せ、口唇を重ねた。


その夜。野村の指示を受けたブラックバーズのメンバーが、一斉に渋谷の街へ繰り出した。

メンバーの一人が中国人の売人を見つけ、声をかけた。

「ちょっと、あんた。クスリ持ってないか」

「何ノコトダ」

「ダチから聞いたんだよ。あんたが、クスリ売ってるって。持ってたら、譲ってくれよ。オレが買ってたイラン人が捕まっちまってさあ。手に入らないんだよ」

「……チョット、待ッテロ」

中国人の売人は、メンバーの男に背を向け、ビル陰に消えていく。

その中国人を山形と他のメンバーが追う。

中国人は、ビル陰でドラッグの見張りをしていた仲間に近づいていく。周りをキョロキヨロと見回しながら、仲間に話しかける。

「クスリ、買イタイッテヤツガ来タンダガ、ドウスル？」

「身元ハ？」

「ワカラナイ。タダ、イラン人カラ買ッテイタト言ッテル」

「ソイツハ、ヤメタ方ガヨサソウダ……ダレダ！」

話していた中国人が、突然現われた黒い影に、鋭い視線を向けた。売人も振り返る。

「てめえら、外国から来て、勝手な真似するんじゃねえよ」

山形が二人を見据える。

売人が、ポケットからナイフを出そうとした。山形の隣にいた男が、先にナイフを取り出し、売人の心臓を突いた。

売人が目を剝いた。切っ先は、心臓を貫いた。ナイフを抜くと、売人は胸を押さえたまま膝を落とし、前のめりに倒れた。

「オマエラ、イッタイ……」

ドラッグを管理していた中国人が、顔を強ばらせた。

「光臨会のモンだ」

山形は言うと、ポケットに仕込んでいた銃の銃口を向けた。

ポケットの盛り上がり方を見て、中国人は蒼ざめた。

「さっさとここを出ていけ。でないと、一日一人ずつ殺していく」

山形は引き金を引いた。パスッと音がして、ポケットに黒い穴ができる。

「ウギャッ！」

銃弾は中国人の左上腕を抉った。

「悔しかったら、オレたちを潰すことだ。できはしないだろうがな」

山形は、売人の屍《しかばね》を蹴飛ばし、その場を去った。


一方、別の場所では、増淵が光臨会の売人を捕まえて、ビル陰に連れ込んでいた。

「ひいいっ！　やめろ、やめてくれ！」

光臨会の組員は、増淵にしこたま蹴られ、うずくまっていた。同行した他のメンバーは、もう一人の光臨会の売人を捕まえ、殴っている。

「ドッチ、殺スカ」

増淵はわざと片言の日本語を使い、外国人を装った。スキンヘッドが知られないよう、帽子をかぶっている。

メンバーが殴っていた組員が、増淵の前に投げ倒された。並んでうずくまる二人のヤクザは、増淵たちを見上げ、震えていた。

えた。

「オマエラ、クスリ売リスギテル。オレタチノクスリ、捌ケナイ。汚イヤツラダナ」

「汚えのはどっちだ！　こんなことしやがって。てめえら、ただですむと思ってんのか！」

メンバーが殴っていた組員が、気丈にも増淵にたてついた。増淵は、その組員を睨みす
「殺スノ、コイツ」

増淵が言う。メンバーが、その組員を立たせ、腕ごと羽交《はが》い締めにした。

「ちくしょう、放せ！」

組員が暴れる。メンバーはビクともしない。

増淵は、腰のホルダーに差していたサバイバルナイフを抜いて、組員の首に押し当てた。

「逆ラウヤツハ、コウダ」

喉笛を裂いた。

組員が呻く。増淵は返したナイフで、頸動脈を裂いた。

首からしぶいた血が、もう一人の組員に降り注ぐ。生き残った組員は、体にかぶった血を見つめて、放心状態となった。

その足下に、殺した組員の遺体を投げる。首を裂かれた組員の見開いた目が、生き残った組員を見据えていた。

「ボスニ伝エロ。渋谷カラ出テイカナケレバ、毎日一人ズツ、殺ストナ」

増渕は生き残った組員を蹴飛ばした。組員は地面を這って増渕から離れると、いきなり立ち上がり、走り出した。

増渕は組員の背中を見送り、息をついた。

「ふう……。どうだった、オレの中国人ぶりは」

「なかなかでしたよ」

「今日から中国人で行くか」

増渕は、死体を見下ろしながら笑った。

第五章　激　動

1

神泉《しんせん》駅近くにある光臨会事務所内は、殺気立っていた。

「ふざけやがって、あいつら……。おやっさん！　あいつら、皆殺しにしちまいましょう」

「そうだ、おやっさん。これ以上、好き勝手なマネさせとくことはないですよ！」

「殺っちまいましょう！」

「落ち着け！」

光臨会会長・中詰要平《なかづめようへい》は、いきり立つ組員たちを抑えようとしていた。

「落ち着けはないでしょ、おやっさん！　この一週間で、七人も殺られてるんですよ。このままじゃ、メンツが立たねえ！」

「そうですよ、おやっさん！」

「落ち着けと言ってるだろうが！」

　中詰は恫喝した。机の周りに集まっている組員たちを睥睨《へいげい》する。

　眼光は鋭かった。斬った張ったの世界で四十年もの時を生き抜いてきた。生死の修羅場を潜り抜けた者だけが持つ本物の気迫が、両眼に滲む。

　組員たちは、一斉に口を噤《つぐ》んだ。

「若菜《わかな》。この戦争、ちとおかしくねえか？」

　中詰は、正面に立っていた若頭の若菜に問いかけた。

「おかしいと言いますと？」

「一方的に、うちの組員が殺られてるなら、まだ話もわかる。だが、ヤツラのグループの人間も、うちと同じ数だけ殺られてる。誰かこの中に、報復した連中はいるか？」

　中詰が訊いた。みな、お互いの顔を見合わせるが、手は挙がらなかった。

「どういうことです？」

　若菜が首を傾げる。

「どうも、きな臭《くせ》えんだ、今度の殺しは。中国人連中もバカじゃねえ。サツの目が光ってるこの時期に、わざわざ事を起こそうとは思わねえはずだ」

「誰かが、焚《た》きつけてると？」

「そんな気がする。七和の件にしても、初めは中国人連中じゃねえかと思ったが、あのあと、すぐ攻めてこなかっただろ。やるなら、あの時、勢いに乗じてこっちにまで攻めいってたろうよ」

「ですが、おやっさん。ヤツラは、外国人です。俺たちとは考え方もやり方も違う」

「やってることは一緒だ。人種じゃねえ。悪《わる》は、どこへ行っても悪だ」

中詰は言って、若菜を見た。

「陳《ちん》に連絡を取れ。俺が会いたいと言ってるとな。場所は向こう指定でかまわねえ」

「それは危険です」

「もし殺られたら、こっちも殺り返すだけだ。俺が殺られたときは、全員で報復しろ。一人残らず殺っちまえ。それまでは、何があっても手を出すんじゃねえ。いいな」

「はい……」

組員たちが、渋々返事をする。

「若菜、頼んだぞ。至急だ。早く手を打たねえと、取り返しの付かねえ事態になりそうな気がする」

「わかりました」

若菜は組員二人を連れて、事務所を出た。

その日の夜。中詰は、若菜とボディーガード三人を連れ、宮益坂沿いにある〈龍頭《ロントウ》〉というチャイニーズクラブに来ていた。

そこは、陳が経営する高級クラブだった。従業員もホステスも、すべて陳の息がかかった人間だ。

中詰は、奥のＶＩＰ席で陳と向かい合っていた。

陳は、日本の中国人社会の中でも絶大な力を持っている。表向きは、経済人の顔をしているせいか、スーツ姿も様になっていて、とてもヤクザには見えない。が、いったん、動き出すと、そこいらの武闘派もかなわないほどの機動力を発揮する。

中国人グループは結束が固い。掟も厳しい。それだけに攻めてくるときも半端ではない。できれば、争いたくない連中だった。

中詰の脇には若菜。陳の脇には、グループナンバー２のコウが座っている。コウと若菜は、静かに睨み合っていた。

ＶＩＰ席の前には、双方のボディーガードが入口を塞ぐように立っていた。

「中詰さん。話は聞いた。嵌められているとはどういうことだ？」

陳が訊いた。

経済界に深く根付いている陳の日本語は、とても流暢《りゅうちょう》だった。

「おたくとうちをケンカさせて、弱ったところを一気に潰そうと考えてる別グループがあるのではないかと思っている」

「どこのグループだ？」

「それはわからない。しかし、うちの組員は、おたくの売人を殺してはいない。あんたのところはどうなんだい？」

「私たちは、そんな不利益なことはしない。先に仕掛けてきたのは、あなたたちの方だ」

「だから、そこが違うと言ってるんだ。うちもおたくも仕掛けていない。第三者が、仕掛けようとしてるんだ」

「兵法か」

「そうだ。強い者同士を争わせて、弱ったところを一気に攻める。それなら、少人数でも勝ち目はある」

「ふむ……」

陳は足を組替え、中詰をじっと見据えた。中詰も陳から視線を離さない。

沈黙がさらに空気を張り詰めさせる。

しばらくして、ようやく陳が口を開いた。

「あなたの言うことはわかった。しかし、その第三者の正体がわからない限り、こちらとしてもその話を信用するわけにはいかない」

「わかってる。そこでだ。ここは一つ、お互い協力し合って、わしらを狙ってくる連中をひっ捕まえてだな――」

話していると、急に店内がざわついた。

中詰たちは、ＶＩＰ席からフロアを覗いた。

黒ずくめの男がいた。台車を押している。台車には小ダンスが梱包《こんぽう》できるほどの段ボールが置かれている。

涼しげな風貌の男は、ＶＩＰ席に近づいてくる。

フロアで待機していた光臨会の組員や陳の部下が男に詰め寄る。が、男は制止を振り払い、ＶＩＰ席までやってきた。

「こら、待て、てめえ！」

光臨会の組員が、肩を握った。

男は、ＶＩＰ席を見据えたまま、裏拳を放った。

組員の鼻先に拳がめり込んだ。組員は血をしぶかせ、弧を描いて仰向けに倒れる。

「おまえら、何やってんだ！」

若菜が立ち上がった。フロアを見る。

フロアは、黒ずくめの男たちに制圧されていた。光臨会の組員も陳の手下も、黒ずくめの男たちに殺されている。

あまりに静かな潜入。その手際の良さに、若菜は寒気を覚えた。

コウも立ち上がる。懐に仕込んだ拳銃のグリップに手をかける。

「まあ、そういきり立ちなさんな」

台車を押していた男が言った。

「おまえらか。うちの組員や陳さんの手下を襲ったのは」

若菜が見据える。

「そうですよ」

男は口元に笑みを浮かべた。

VIP席から、中詰と陳の鋭い視線が飛ぶ。が、男はまったく動じない。

「あなたたちが殺り合ってくれたら、掃除もしやすいと思っていたんですが、仕掛けてもなかなか動いてくれない。なので、こっちからわざわざ出向かせてもらったんです」

「やはり、そうだったか」

中詰が陳を見た。陳が頷く。

「てめえら、何者だ？」

若菜が訊いた。

「ブラックバーズ。今日からこの街を仕切らせてもらう者です。以後、お見知りおきを」

不敵に微笑み、

「これは、ほんの挨拶です。受け取ってください。では」

男は背を向けた。

コウが銃を引き抜いた。男を狙う。が、引き金は引けなかった。

フロアにいる黒ずくめの男たちが、銃口をＶＩＰ席に向けていた。サブマシンガンを携えている者もいる。

コウや若菜たちは、劣勢に立たされていた。

涼しげな顔をした男は黒ずくめの連中の真ん中を割り、平然と店を出た。それを確認し、黒ずくめの男たちが銃口を向けたまま後退り、一人、また一人と店を出て行く。その動きは、訓練された軍隊のようだった。

黒ずくめの男たちがいなくなる。

緊張が多少解けた。

「あなたの言うとおりだったね」

陳が中詰を見た。

「若造が。陳さん、正体はわかった。共闘して連中を狩ろう」

「そうだな」

陳が右手を伸ばす。中詰は、がっちりと握手をした。

コウは男が残していった台車に近づいた。段ボールに手をかける。

「コウ。気をつけろ」

若菜が近づく。

「確カメナイコトニハ、落チ着カナイ」

若菜が中を覗いた。

段ボールを開ける。途端、コウの顔色が変わった。

「おまえ、見島《みしま》組の松尾！」

段ボールに詰められていたのは、松尾だった。全裸で両手足首を縛られ、口はガムテープで塞がれている。全身に無数の傷があり、流れ出た血が段ボールの底に溜まっていた。

若菜は手を伸ばし、松尾の口のガムテープを剝いだ。

「何があった！」

「助けてくれ！」

「何？」

「早く！」

松尾が視線を脇腹あたりに向けた。

覗き込む。途端に、若菜の眦が強ばった。

プラスチック爆弾が敷かれていた。白い塊が数個並んでいる。刺した信管から伸びるコードをたどると、タイマーがあった。デジタルの数字が一秒ずつ減っていく。

「爆弾だ！　逃げろ！」

若菜が声を張った。

中詰と陳が腰を浮かせた。

瞬間だった。

轟音が響き、建物が揺らいだ。

松尾の体が、一瞬にして消し飛んだ。

若菜とコウはまともに爆炎をかぶり、火だるまになって転がった。

すさまじい爆発は、カウンターをなぎ倒し、ＶＩＰ席をも炎に包んだ。

中詰も陳も、爆炎に見舞われた。

烈しい爆風は、店自体を吹き飛ばした。

闇に包まれた宮益坂の一角に火柱が上がる。

爆発で飛び散ったガラスや、噴き出した炎が、通行人に襲いかかる。

爆風に飛ばされた車が舞い上がり、反対車線の車を直撃する。避け切れなかった車が潰れ、急ブレーキをかけた車が横転し、反対側の歩道に乗り上げ、通行人を弾き飛ばす。

現場付近はたちまち、阿鼻叫喚《あびきょうかん》の惨状と化した。


男たちを率いて退散していた山形は、突然の爆発に身を竦めた。

「おいおい、爆発が早過ぎやしないか？」

周りの男たちを見る。男たちは、ニヤついていた。

「タイマーのセット時間を間違ったのかな。ま、いっか」

微笑み、携帯を取り出す。

「――野村さん。山形です。こっちは終わりました。陳と中詰は店ごと吹き飛びましたよ。光臨会には、いつでも踏みこんでください」

報告をし、携帯を切る。

立ち止まり、振り返った山形は、燃え上がるビルと路上に倒れて呻く通行人を悠然と眺め、満足そうに頷いた。


連絡を受けた増淵は、メンバー五人を連れ、光臨会事務所に押し入った。

ドアを蹴破り、握っていたサブマシンガンを乱射する。

小気味よい音を刻み、銃弾が飛び出す。増淵の両脇から入ってきた男たちも、手にしたサブマシンガンを乱射した。

ガラスや花瓶が砕ける。中にいた組員たちは、なすすべもなく、銃弾の嵐に見舞われた。すさまじい銃声の中、血まみれになった組員が一人、また一人とフロアに倒れていく。

「よし、やめろ！」

増渕が手を上げた。

硝煙に煙る事務所内を見渡す。十数人いた組員たちは、全員が体中に穴を開け、血を吐き出して、絶命していた。

わずか、一分足らずの出来事だった。

「ちっ。あっけねえな」

増渕は、携帯を取り出した。

「――もしもし、増渕です。事務所にいた光臨会の組員全員を殲滅《せんめつ》しました。はい、すぐ戻ります」

携帯を切る。

「今日の仕事は終わりだ。武器をワゴンに戻したら、解散していいぞ」

命令する。

男たちが次々と事務所を後にする。

増渕は、残っていた弾丸をすべて撃ち放ち、最後に事務所を出た。

2

垣崎率いる組対チームは、光臨会と中国人グループが衝突したのを機に、麻薬密売組織の一斉検挙に踏み切った。

逮捕者は、光臨会系組員と中国人グループの構成員を合わせて、五十人を超えた。

本部内に設けた取調べ会場とも言うべき一角には、人相の悪い連中がひしめいていた。

「垣崎くん、状況はどうかね？」

捜査本部に、瀬田が顔を出す。

「光臨会と中国人グループの残党は、ほぼ検挙しました。今、〈龍頭〉と光臨会事務所を爆破した人間を特定しています」

「そうか――」

瀬田は、本部内を見回した。

長いテーブルを挟んで、捜査員が逮捕者に向き合い、詰問している。下っ端の人間は、そこで調書を取られ、留置場へ送られるが、詳しいことを知り得る人間と判断された者は、別室で取り調べられることになっていた。

「連中は、お互い相手に罪をなすりつけようとしてますが、必ず吐かせますよ」

「渋谷の密売状況はどうなってる？」

「大きい組織を二つも引っ張りましたからね。さすがに他から入ってくる者も、今のところいないようです。しばらくは、市場を狙う組織もおとなしくしているでしょう。所轄の取り締まりも厳しくなってますし」

「なら、いい。連中の武器庫は見つかったか？」

「それもまだです。双方、爆弾など持ってないと言ってますが、必ず吐かせます」

「頼んだぞ」

瀬田は、垣崎に言い、捜査本部を出た。

一般人を巻き込む惨事となったが、渋谷に根を張っていた四つのグループが壊滅したのは、大きな前進だった。

しかし、同時に心配もある。

渋谷は、大きなマーケットだ。空白区となった今、必ず利権を狙う組織が現われるはず。それが新たな抗争の火種にならなければいいが——。

十年前、瀬田は同じような経験をした。

竜司が、渋谷から六本木にかけて牛耳っていた志道会を壊滅させたあとのことだ。空白になったマーケットの利権を奪い合い、暴力団同士の抗争が激化した。

一般人を巻き込む発砲事件も多発した。組長やリーダー格が逮捕、もしくは殺された組織からどんどん消えていき、最終的に光臨会と七和連合、中国人、イラン人グループの四組織で、渋谷から六本木付近のシマを分け合うことになり、事態は収束した。

そこへ至るまでの道筋には、あまりに多くの血が流れた。

再び、同じ事が起こらねばいいが……。

瀬田は今後を憂慮した。

竜司は、渋谷をうろついていた。松尾のように、ゲームセンターや路上にたまっている少年少女に手当たり次第声をかけ、南亜弥の写真を見せて回る。

聞こえてくる情報は、いつも同じだった。南亜弥という名前は一度も出てこない。会ったことはあるという少女に、携帯の番号を訊くが、それも使われていないものばかり。ブラックバーズの名前も出してみるが、知らないという答えばかり返ってくる。

それでも竜司は、連日、渋谷の街を徘徊《はいかい》した。

しつこく、嗅ぎ回るしかない——。

連中から手を出してくるまで、根気よく嗅ぎ回っている姿を見せつける以外、方法はなかった。

深夜一時を過ぎた頃。道玄坂を歩いていると、紗由美に出くわした。今日はネイビーのタイトスーツを着ていた。化粧も濃くはない。立ち姿だけを見ると、小綺麗なＯＬだった。

「竜司さん。何、やってるの？」

「仕事だ。おまえも仕事だろ」

「そうなんだけど、もう上がろうかと思って。ちょっとうちへ寄らない？」

「まだ、早いだろ」

「最近は、客付きが悪くて。チンピラが減ったのはいいんだけど、今度はあれのせいで」

チラッと視線を通りの右端へ投げる。

竜司は紗由美の視線を追った。制服警官が、パトロールをしている最中だった。

「愚痴りたいから、付き合ってよ」

紗由美が家に向かって歩き出す。

たまにはいいか——。

竜司は、紗由美のあとをついていった。


「まったく、まいっちゃう。イラン人グループが検挙されたときは、光臨会と中国人のせいで商売できなかったのに、今度は、警察のせいで、もう全然。この三日間で、たったの一人よ。常連さんも渋谷に寄りつかなくなったし。あー、もう、やだやだ」

ぶつくさ言いながら、紗由美はブランデーを呷った。

「この仕事を始めて、一番ひどい状況ね。本気で商売替え、考えなくちゃダメかも。竜司さん、雇ってくれない？」

「何するんだ、俺のところで」

「調査員でも、電話番でも」

「やめとけ。ろくなことにならない」

竜司は、牽制《けんせい》した。

紗由美の気持ちはうれしい。一緒にいたいと思う気持ちもわかる。だが、それはできない。一緒にいれば、必ず紗由美の身に危険が及ぶ。

一人だからこそ、竜司は〝もぐら〟として生きていける。

「ふふ。そんな困った顔しないでよ、冗談だから。私も商売替えする気ないし」

紗由美は微笑みの奥にふっと淋しそうな影を滲ませた。竜司は、紗由美の表情に気づかないふりをした。

「そうだ、竜司さん。まだ調べてるの？　ブラックバーズとかいう組織のこと」

「ああ、調べてるが」

「関係あるかどうかわからないんだけどね、こないだ光臨会事務所が爆破されたでしょ。そのときに、黒ずくめの集団を見たって言ってた子がいたんだ」

「本当か、それは？」

「うん。光臨会系の組員に飼われてた街娼の子なんだけどね。事務所に寄ろうとしたとき、物々しい黒ずくめの男たちが、ワゴンに乗り込んで去っていったんだって。その後、ニュースで光臨会事務所の襲撃事件のことを知ったらしくて」

「その女に会えないか？」

「無理よ。もう、渋谷から出てった。光臨会とつながってたんだから、渋谷をウロウロしてるとまずいでしょ。警察に持ってかれるならまだいいけど、中国人の報復を受けるかもしれないし」

「そうか……」

「でも、光臨会事務所を襲ったということは、ブラックバーズって中国人グループの中にある組織だったんじゃないの？」

紗由美が言う。

そうかもしれない。七和連合が潰されたときにも、黒い影は現われている。市場独占を狙った中国人のグループだったとしても、おかしくはない。

一応、その線も潰してみるか――。

渋谷をうろついているだけでは、どうにも埒《らち》があかない。そろそろ次の手も考えなければと思っていたところでもあった。

「竜司さん。渋谷で探してたのは、ブラックバーズだけ？」

「いや……。そうだ、紗由美。この女の子を見たことはないか？」

紗由美に深入りさせたくはないが、今は少しでも情報が欲しい。竜司は、南亜弥の写真を出して、紗由美に見せた。

「あら、かわいいコ。この子がブラックバーズという組織と関係があるわけ？」

「わからないが、俺の周りにいた人間が、次々と殺されてるんだ。その接点が、彼女でね」

竜司は言った。それ以上、詳しいことは話さない。

「見かけないなあ。でも、気にかけとく。写真、借りてもいい？」

「ああ。だが、自分から捜したりするんじゃないぞ。ミチも香川も、彼女を探そうとして殺されてる。見かけたら、どっちの方面へ行ったか程度のことだけ確認して、連絡を入れてくれ」

「わかった」

「いいか。くれぐれも、自分から捜したり、深追いしたりするな」

「わかってるって。私、まだ死なないって、竜司さんと約束したでしょ」

紗由美はニッコリと微笑んだ。

3

竜司は、新大久保駅前のパチンコ店を覗いた。店内には、客がひしめいていた。どの顔も、盤面に落ちる球を食い入るように見つめている。

協会は、パチンコを遊戯だというが、パチンコ玉を弾いている人間は真剣そのもの。どんなに小綺麗に装っても、店の中が鉄火場《てっかば》であることに変わりはない。

竜司は、店内をうろつきながら、ある顔を捜していた。

ふと、入口右奥のCR機のシマで立ち止まった。一番奥から三番目の台で、ハンドルを握っている中国人がいた。

角刈りっぽい頭で、襟のない萌葱《もえぎ》色のシャツを着て、ピカピカに磨いた革靴を履いている。ファッションセンスがまるでない男だった。

男は、何気ない素振りで打ちながらも、ハンドルを握る右手の指を小刻みに動かしていた。

竜司は、ドル箱を積んで気持ちよさそうに打っている中国人の背後に近づいた。

「景気よさそうだな、トニー」

声をかけられ、トニーと呼ばれた男が、ビクッとして盤面のガラスを見た。そこに、竜司の顔が映っているのを確認すると、トニーはハンドルから手を離した。

「モ、モグラサン……」

愛想笑いを浮かべ、振り返る。

「また、新しい裏ロムを仕込んだのか？」

竜司は小声で言って、睨みつけた。

「ソンナモノ、使ッテナイデス。ホントデス」

「ちょっと付き合え」

「私マダ、打ッテルトコロダカラ」

「仲間内にふれ回ってやろうか？　一年前に潰されたゴトグループの情報を流したのがおまえだってことを」

「マ、待ッテクダサイ！」

トニーは、慌てた。

一年前。あるパチンコ店から、ゴトグループに店を狙われ、困っているという依頼を受けた。小さなグループだったが、店側からしてみれば、その損害は計り知れない。

竜司は、依頼を引き受けた。その時、わずかな金と引き換えにゴト集団の情報を売ったのが、トニーだった。

トニーにしてみれば、自分の組織とは関係ないこと。気軽に情報を売ったわけだが、それが自分の仲間内にバレては困る。

他の組織とはいえ、同業者の情報を流したということになれば、あらぬ疑いをかけられ、組織から締め出される恐れがある。

一度、組織から外れると、自分を守る後ろ盾がなくなり、安心して暮らせなくなる。

竜司は、そのことを知っていた。

「別に、おまえの仕事をジャマしようってわけじゃない。ちょっと話を聞かせてくれりゃいいんだ」

トニーの肩を叩く。トニーは仕方なく立ちあがる。そのまま二人は、裏口から路地へ出た。

「何デスカ、訊キタイコトハ？」

「覚醒剤の話だ。こないだ渋谷の中国人グループが摘発された件は知ってるな」

「ハイ」

「そこに流れていたブツが、あぶれている。その行方を知りたい」

「ワ、ワカリマセンヨ、ソンナコト！」

トニーは、言った。

「ちょっと調べてくれないか？　あと、挙げられた中国人グループの残党がいれば、そいつの居所も知りたいんだが」

「嫌デス！　許シテクダサイ！　麻薬ヲ扱ッテル連中ハ、私ラトハ全然違ウ。ヘンナコトシタラ、スグ殺サレル」

「どこへ流れているかだけでいいんだ。わからなけりゃ、残党の居場所を教えてくれるだけでいい。そのぐらい、おまえらのコミュニティーの中で訊けばわかるだろ。調べてくれたら、二度とおまえには関わらないよ」

そう言い、ポケットから十万円を出し、トニーに手渡す。

ゲンキンな男だ。金を見たとたんに、トニーの目つきが変わった。周りをチラッと見て、すばやくポケットに札束をねじ込んだ。

「ホント、ソレダケデスヨ」

「わかったら、連絡を入れてくれ。番号は覚えてるな」

「ハイ。スグ電話入レマス」

トニーは再び周囲に目を配り、そそくさと店内へ戻っていった。


数時間後。日が暮れた頃に、事務所の電話が鳴った。竜司は、受話器を取り上げた。

「もしもし――。トニーか。何かわかったか？」

――仲間ニ訊イテミタ。渋谷ノブツハ、渋谷ニ戻ルト言ッテタ。

「渋谷に？　また、新たなグループを送りこんでくるということか？」

――ワカラナイ。ケド、ソウイウ話ハ聞カナイ。

トニーが言う。

彼が聞かないということは、中国人コミュニティーに目立った動きはないということだ。渋谷で扱っていた覚醒剤は、そのまま渋谷に戻ってくるという。中国人グループは渋谷に出回るドラッグの四分の一を捌いていた。それほどの量を捌ける組織など、そうあるものではない。

主だった大きな組織は、全部潰されている。

すでに、大量の覚醒剤を扱える新たな組織が、渋谷にあるということなのか……？

「グループの残党は見つかったか？」

――張《ちょう》トイウヤツノ居所ハワカッタ。

「誰だ、そいつは？」

――売人ヲ仕切ッテイタ、中堅ノボスダ。

「どこにいる？」

――代々木ノ〝ローレルパーク代々木〟トイウマンション。202ゴウシツ。オンナトイッショダ。モウ、イイカ。コレ以上ハ、ワカラナイシ、調ベラレナイ。

トニーは早口で言うと、一方的に電話を切った。

これ以上は頼めない。さらに踏みこめば、トニーは必ず殺される。そこまで、無理強いはできない。

とりあえず、張を捕まえるか。

竜司はライダースジャケットを手に取り、事務所を出た。

4

ローレルパーク代々木は、代々木駅西口から明治神宮に向かって南西に五百メートルほど下った住宅街の一角にあった。

古いマンションで、白い壁は風雨にさらされて煤《すす》け、エントランスも薄暗い。

トニーから張の居場所を聞いた竜司は、ネットカフェで場所を特定し、それから三日間、マンションの前で張り込んだ。

張という人物は特定できなかったが、女は特定できた。

むっちりとした背の高い女だった。見た目は、三十代半ば。派手に巻いた金髪のロングヘアーと目張りの利いた大きな瞳が印象的な女だ。

彼女は、夜になると胸元の開いた花柄のワンピースを着込み、店へ出勤する。朝方帰ってくるときは、二人分の弁当を携えていた。

女性はマンションへ入る際、必ず、周囲を何度も見回した。警戒している様子がありありだった。張がいる証拠だろう。

竜司は、女がいない時間に侵入しようと試みたが、２０２号室の扉は固く閉ざされたまま。騒ぎになれば、他の住人に迷惑が及ぶかもしれないので、強行はできない。

といって、あまり時間もかけられない。張が逃亡する畏《おそ》れもあるからだ。

女を巻き込むのは忍びないが、仕方がない。

四日目の朝、竜司はマンションの陰で女を待ち構えた。

いつものように、二人分の弁当が入ったレジ袋を持ち、マンション前まで歩いてくる。

女は玄関口で立ち止まり、周りを見回した。誰もいないことを確認し、エントランスへ入ろうとする。

竜司は、建物の陰から飛び出した。エントランスに入る直前、背後から女を捕まえる。驚いた女の手から、弁当が落ちた。

左腕を女の腰に巻き、右手で口を塞ぎ、建物の陰まで引きずっていく。女は手足をばたつかせた。竜司の腕に爪を立てる。

「おとなしくしろ。乱暴はしない」

耳元で囁き、女を建物の陰に連れ込む。

竜司は女の背中を壁に押しつけた。口元を押さえたまま、女と相対する。女は目尻を吊り上げ、竜司を睨みつけた。

「一つだけ訊く。おまえの部屋に張という男はいるか？」

女は、竜司を睨んだまま。だが、黒目がわずかに泳いだ。

見据える。

十分な答えだ。

「今日はこのまま部屋へは戻るな。でなければ、おまえも入管行きだ」

そう言う。

女の眦が強ばった。

夜の店で働いている外国人女性のほとんどが、不法就労だ。就労実態が知れれば、入国管理局に検挙され、強制送還される。

出稼ぎ労働外国人の多くは、多額の借金を背負わされ、日本にやってくる。その借金を返済するには、働かざるを得ない。また、故郷に残してきた家族の生活費を稼いでいる者も多い。強制送還されれば収入は絶たれ、さらに借金の返済に追われ、たちまち生活自体が破綻する。

かわいそうな話だが、それが外国人不法就労者の実態でもある。

「部屋の鍵は？」

訊く。

女はショルダーバッグを見やった。

竜司は、空いた左手でショルダーバッグの中を漁《あさ》る。キーホルダーの付いたシリンダー錠があった。取り出して、女の前に掲げる。

「これか？」

女は頷いた。

竜司は、鍵をポケットに入れた。代わりに三枚の一万円札を取り、女のバッグに入れる。

「少ないが、謝礼だ。仲間に連絡するんじゃないぞ。マンションへ踏み込めば、そいつらも検挙されることになる。そうなれば、仲間を売ったことになるから、おまえは生きていけない。わかるな？」

そう言い、見つめる。

女は何度も頷いた。

「恐い思いをさせて悪かった。行っていいぞ」

竜司は口元を押さえていた右手を離した。

女はショルダーバッグの紐を握りしめ、一目散に駆け出した。振り返ることなく、マンション前を通り過ぎ、駅方面へ走っていく。

姿が見えなくなったところで、竜司はエントランスへ入った。

連絡はするなと言い含めた。が、中国人コミュニティーは侮れない。余裕はない。

竜司は階段を駆け上がった。202号室の前に立つ。そっと鍵を差し込み、ゆっくりと回した。かすかな音を立て、ロックが外れる。

慎重にドアノブを回し、そろそろとドアを引いた。蝶番《ちょうつがい》がキッ……と鳴る。

中は暗かった。カーテンを閉め切っているようだ。玄関からまっすぐ廊下が続き、その先にドアがある。廊下の両サイドには、ドアが一つずつあった。どちらかがバスルームかトイレ、一方が寝室か。

竜司は、玄関に身体を滑り込ませた。音を殺してドアを閉め、鍵をかけた。廊下は真っ暗になった。

気配を窺いつつ、土足のまま上がり込む。足音を忍ばせ、奥へ進む。

と、いきなり、入口付近にあったドアが開き、人影が躍り出てきた。駆け寄る人影は、竜司の首に腕を回し、締め上げた。

竜司はその腕を握り、リビングのドアに頭から突っ込んだ。

ドアを突き破る。けたたましい音と共に、木片とガラスが四散した。

砕けたドアと共に、竜司と人影はリビングへ転がり込んだ。転がった衝撃で人影の腕が竜司の首から外れる。

竜司は素早く身を起こし、気配がする方を向いた。

小柄で痩せた男がいた。カーテンから射し込む明かりが、男の顔を照らす。男の頰は抉れ、目元は凹《くぼ》み、憔悴《しょうすい》しきった表情だ。が、両眼には狂気を滲ませていた。

「張だな?」

竜司が訊く。

男は拳を固めた。問答無用に殴りかかってくる。動きは速い。だが、竜司は男のパンチを見切り、右へ左へと身体をくねらせ、避けた。

男の右ストレートが顔面に迫った。竜司は左手のひらで拳を受け止めた。そのままギリギリと拳を握る。

男が顔をしかめた。竜司の力にねじ伏せられ、膝が落ちていく。

竜司は右足を振った。爪先が男の鳩尾に食い込んだ。

「ごふっ！」

男が目を剝き、腹を押さえて突っ伏す。

屈んで男の髪の毛をつかんだ。顔を上げさせようとする。

瞬間、閃光《せんこう》がよぎった。

竜司に向け、ナイフを突き出す。男はニヤリとした。が、すぐさま、両眼が引きつった。

竜司は、すんでのところで、男の右手首を摑んでいた。切っ先は、竜司の腹部の数ミリ手前で止まっていた。

右手を伸ばし、男の肩を握る。竜司は親指を凹みにあて、押し込んだ。

「ギャアアア！」

男は絶叫した。

鎖骨の凹みにある急所を責められると、肉を引きちぎられるような痛みが走る。男の額から脂汗が噴き出した。右手に握っていたナイフがこぼれる。

竜司はナイフを取って、部屋の隅に放った。

「張だな？」

再び、訊く。

答えない。

竜司は再度、鎖骨の凹みに指を立てた。

男はたまらず呻き、何度も首を縦に振った。

「逆らわなければ、痛い目に遭わずにすんだんだ」

竜司は張をうつぶせにし、膝で背中を押さえつけた。男のズボンのベルトを取り、両腕をねじ上げ、手首を拘束する。ついで、ズボンを剝き、両足首を縛った。

立ち上がる。張は芋虫のようにもがいた。竜司は男の脇に屈み、髪の毛をつかんだ。

「これから訊くことには、正直に答えろ。おまえたちの組織に、ブラックバーズというグループはあるか？」

「……ナイ」

「本当か？」

竜司は、張の肩を握った。張は蒼白になって、声を上げた。

「本当ダ！　ソンナグループハナイ！」

「黒ずくめの男たちの話を聞いたことはないか？」

肩に手を置いたまま訊く。

「アル。七和連合ガ潰サレタトキニ見カケタト仲間ガ言ッテタ」

「正体はつかめてないのか？」

「ワカラナイ。我々ガ探ス必要ハナイ。我々ニ損ハナカッタ」

「ふむ……」

張の言うことはもっともだ。

ブラックバーズがどこの組織であろうと、中国人グループにとっては商売敵《がたき》を潰してくれた何者かに過ぎない。自分の組織に火の粉が降りかからない限り、その正体を知る必要はない。

「光臨会との戦争を仕掛けたのは、おまえたちか？」

「ソンナコトハシナイ。光臨会トハ、ウマクヤッテイタ。日本ノ警察モ厳シクナッテル。ワザワザ争ウヨウナコトハシナイ。コノ騒動デ、我々モ困ッテイル」

「売り場をなくしたことか？」

「ソウダ。本国カラハ大量ノブツガ送ラレテクル。渋谷ハ、ソノ五分ノ一ヲ処理シテイタ場所ダ。他デハ処理デキナイ。我々ハ迷惑シテイル」

渋い顔を見せる。

張の話の内容や彼の表情を見る限り、ブラックバーズが中国人グループ内の組織ということはなさそうだ。無論、光臨会関連の組織でもない。

やはり、新手の組織か……。

「外の組織が、渋谷を狙っていたという情報はなかったのか？」

「ナイ。ソンナ動キガアレバ、我々ノ耳ニ入ルハズ。我々モ放ッテハオカナイ」

両眼に下卑た狂気を覗かせる。

その目を見て、張の言っていることに嘘はないと思った。

同時に、ブラックバーズという組織は、想像以上に手強い相手かもしれないと感じる。

竜司は奥歯をギリリと嚙んだ。

「モウイイダロ。解放シテクレ」

張が言った。

竜司は、近くに落ちていたタオルを拾った。丸めて、張の口にねじ込む。張は目を見開き、喉の奥で唸った。

ポケットをまさぐり、張の携帯をつかみ出した。瀬田直通の番号を入れ、コールボタンを押す。

「——おはようございます。影野です。代々木のローレルパーク代々木202号室に、中国人グループの残党がいました。誰か、寄こしてください。よろしく」

竜司は用件だけを伝え、電話を切った。

そのまま、張の携帯を自分のジーンズの後ろポケットに差す。

脇に屈み、張の上半身を抱き起こした。

「もうすぐ、迎えが来る。それまで、おとなしく寝てろ」

張の鳩尾に拳を叩き込んだ。

張は短く呻き、意識を失った。


いったん、事務所に戻った。

サッシ戸に手をかける。と、不意に背後に気配を感じた。

竜司は、右足の爪先を立てた。後ろ蹴りを放つ機会を窺う。その時、背後に立つ男が声をかけてきた。

「影野さん」

聞き覚えのある声だった。

振り向く。組対の垣崎が立っていた。

「何の用だ」

「ちょっとお訊きしたいことがあるのですが」

竜司を見据える。

「……入れ」

サッシ戸を開けた。垣崎を招き入れる。

「適当に座ってくれ」

竜司はソファーを目で指し、冷蔵庫に歩み寄った。中から、ビールを取り出す。

「飲むか？」

「結構です。まだ早朝ですよ。こんな朝っぱらから飲むんですか？」

「俺にとっちゃ、一日の終わりみたいなものだ」

デスクの椅子に腰かけ、プルを開ける。喉を潤した竜司は、口元を拭い、垣崎を見やった。

「先ほど、張を検挙しました。ご協力ありがとうございます」

垣崎が大きな上体を傾ける。

「わざわざ礼を言いに来たわけではないだろう。訊きたいこととは何だ？」

「率直に訊《たず》ねます。張に何を訊いたんですか？」

「何でもない」

「今回の事件、どうもおかしいんです。光臨会と中国人グループのどちらにも仕掛けた形跡がない。どちらかが嘘をついていると思い、取り調べてみましたが、そんな気配もないんです。影野さん。何か知ってるなら、教えてください。お願いします！」

垣崎はソファーを下り、土下座をした。

垣崎を見つめた。なかなか頭を上げない。

竜司はふっと微笑んだ。ビールを飲み干し、席を立つ。

「おまえも仕事バカだな。その熱意に免じて、一つだけ、教えてやる」

垣崎が顔を上げた。

「今回の抗争を仕掛けた連中は他にいる。そいつらは、渋谷を牛耳《ぎゅうじ》り、ブツを捌こうとしている」

「本当ですか！」

「複数の情報を照らし合わせて、そういう結論を得た」

「どこの組織ですか？」

「わからん。調べているところだ」

「では、早速、私たちも——」

「まだ、静観しておいてくれないか。今、警察にかき回されたら、ヤツラが雲隠れする恐れがある。動き出すまで待ってくれ。正体がわかれば、すぐ組対に連絡を入れる」

「……わかりました。必ず、連絡をください」

「約束する」

竜司は頷いた。

「あ、そうだ」

ジーンズの後ろポケットから携帯を出す。

「張の携帯だ。こいつで瀬田さんに連絡を入れたんで、念のため、預かっておいた」

垣崎に渡す。垣崎は携帯を受け取った。

「中国人グループの情報が詰まっていると思う。しっかり、解析してくれ」

「ありがとうございます」

「礼はいらない。時が来たら、一気にヤツラを潰すぞ」

竜司は言った。

垣崎は、強く首肯《しゅこう》した。

5

紗由美は、その夜も客を求め、街を徘徊していた。

渋谷の街をうろつく。しかし、パトロールの警官の数が多く、とても客を物色できる空気ではない。

警官のいない場所を探して歩いているうちに、青山通りの近くまで来ていた。

あまり遠出はしたくなかったが、渋谷駅近隣で客を拾えない限り、仕方がない。

青山通りまで来ると、警官の姿はまばらになった。が、警官がいないかわりに、遅くまでやっている店も少なく、人影もまばらになった。

「こんなところまで来ても仕方ないか……」

紗由美はため息を吐いた。立ち止まって、踵を返す。のろのろと道玄坂方面へ戻り始める。

でも、困ったな……。

歩きながら、再び大きなため息を吐いた。

この二、三年、景気が悪かったせいか、客付きはよくなかった。それでも日々の生活費には苦労しないぐらいの金は稼げていた。

ところが、ここ数ヶ月は落ち込みがひどかった。元々客足が遠退《とおの》いていた上に、度重なる麻薬組織の抗争と警察の制圧。常連客も街に姿を現わさない。

何人かの常連客に連絡を入れたが、いずれもやんわりと断わられた。

今月はまだ、一人の客も取れていない。当然、収入は０《ゼロ》。紗由美はわずかな貯えを食いつぶしながら、暮らしていた。

竜司のところで働かせてほしいと言ったのは、心情的なものもあったが、正直、経済的な理由もあった。

といって、無理やり転がり込むことはできない。竜司とは他人。迷惑はかけたくなかった。

所在なげに歩いていると、百メートルほど手前で、不意に黒いＢＭＷが停まった。

紗由美はそれとなく街灯の陰に身を隠した。

地元組織の人間だったら困る。

街娼にはそれぞれテリトリーがある。他人の場所に出向いて、客を取るのは御法度《ごはっと》だ。

テリトリーを持つ街娼には、必ずといっていいほど後ろ盾が付いている。後ろ盾は、自分たちのシマがフリーの街娼に荒らされないよう、時々夜の街を巡回している。

姿を見られたからといって、すぐにショバ荒らしだとは思われないだろうが、後ろ盾を持たないフリーの身。トラブルは避けたい。警戒するに越したことはなかった。

紗由美は、それとなくBMWの動向を注視した。助手席のドアが開く。神経を尖らせる。

降りてきたのは、若い女の子だった。左ハンドルの運転席の窓が開き、若い男が顔を覗かせる。女の子は首を伸ばし、男の子にキスをした。

「なんだ。普通のカップルか」

胸を撫で下ろす。カップルは、何やら楽しげに話していた。

「結構なご身分ね。私は明日の食事代もどうしようかという状況なのに」

恨めしげにカップルを睨む。

女の子が上体を起こし、手の甲でストレートの黒髪を撥ね上げた。

「あれ？　あの子……」

女の子の顔をじっと見つめた。

瞳が大きく、あどけないかわいさをもった小柄な女の子——。

ハッと目を瞠《みは》った。バッグから写真を取り出し、少女の顔と見比べる。

間違いない。竜司が探していた女の子だ。

写真をバッグに収め、彼女の様子を窺った。

ＢＭＷが走り去った。テールランプを見送った少女は、大通りを進み、一つ先の路地を右に曲がった。

紗由美は、小走りで彼女の背中を追った。

住宅街へと続く路地を奥へと進んでいく。慣れているのか、周辺を確かめる様子もなく、スタスタと歩いていく。

距離を保ち、慎重に少女を尾行する。

五分ほど歩き、少女は立ち止まった。店の看板があった。中へ入っていく。

紗由美は、そのまま店の前を素通りし、看板を確認した。

レタリング文字で〈ＪＥＬＬＹＢＥＡＮＳ〉と書かれていた。

「ジェリー・ビーンズ……？」

覚えのある店名だった。

歩きながら、記憶を辿《たど》る。

そうだ。私が助けてあげた女の子が行こうとしてたお店だ。確か、パーティーをやってるとか……。

紗由美は頷き、帰路を急いだ。

クラブ〈ＪＥＬＬＹＢＥＡＮＳ〉には、若い男女が集まっていた。中は広い。三十名ほどがひしめいているが、息苦しさは感じない。

店内は、フロアとカウンターに分かれていた。フロアには、ＤＪブースがあり、だだっ広いコンクリートの部屋が広がっている。ダークブルーの照明の中で、高校生や中学生が、音楽に合わせて、腰をくねらせている。

仕切りの奥にカウンターがある。ドア付きで、一歩入ると、フロアの音はかすかに流れる程度にしか聞こえなくなった。琥珀《こはく》色のテーブルやイス、照明に包まれていて、落ち着いて飲める空間になっていた。

今夜、そのカウンターブースは黒ずくめの集団に埋め尽くされていた。そこへ、理子が入る。

黒ずくめの男たちは、理子に頭を下げた。

「理子。野村さんは？」

山形が訊いた。

「すぐ来るよ」

理子は言って、カウンターの一番奥に陣取った。中にいるバーテンが、理子に白くにごったカクテルを出した。理子は、それを一口で飲み干す。ジンの酸味が、渇いた喉を洗っていく。

「理子。大事な話って何なんだ?」

　山形が訊く。

「そろそろ本計画を始めるみたい」

　理子は、空になったグラスをテーブルに置いた。

　まもなく野村が姿を現わした。黒ずくめの男たちは全員が立ちあがり、野村に一礼した。

　野村は理子の横に座った。バーテンを見て、顎を振る。バーテンは頷き、カウンターから出て、ドアの外に立った。

　野村は居並ぶ男たちに視線を巡らせ、おもむろに口を開いた。

「今日、ボスから連絡があった。中国人バイヤーとは話がついたそうだ。明日から、渋谷で売るドラッグは、すべて俺たちが取り仕切る」

「よっしゃ!」

　増淵がガッツポーズを見せた。周囲の男たちも色めき立つ。山形は静かに頷き、一人悦に入った。

「で、早速、役割分担だが。増淵」

「はい」

「おまえは部下六人を連れて、街を巡回しろ。俺たちに黙って、ヤクを捌いている人間を見かけたら、殺せ」

「わかりました」

増淵はほくそ笑み、指関節を鳴らした。

「山形」

「はい」

「おまえは残った者とともにセミナーの準備をしろ。今までパーティーで集めた連中をすべて、顧客として取り込むぞ」

「わかりました」

短く頷く。

「パトロール班とセミナー班の選別は、増淵と山形に任せる。他の者は従うように」

「はい」

男たちが、太い声で返事をした。

「いいか。俺たちは、外で無差別にヤクを捌いたりはしない。確実に顧客を確保し、計画に沿って売り捌いていく。もし、勝手にヤクを捌いた者がいれば、容赦なく処分するからそのつもりでいろ。行っていいぞ。山形と増淵は残れ。まだ話がある」

野村が言うと、他のメンバーは、部屋から出ていった。

四人になると、野村は増淵と山形を見て、静かに話し始めた。

「ボスがな。今回のおまえたちの働きを大いに評価している。いずれは、新宿と池袋も獲る計画だ。その時は、おまえたちにどちらかを任せると言ってたぞ」

「本当ですか！」

増淵が身を乗り出した。

「ボスはウソをつかない。そのつもりで、行動しろ。いいな」

「わかりました」

山形と増淵は、声を揃えた。


紗由美から連絡を受けた竜司は、円山町の紗由美の部屋へ来ていた。

「ジェリー・ビーンズ？」

「そう。その店に、この子が入っていったの。間違いない」

紗由美は、テーブルに南亜弥の写真を置いた。

「でね。そのジェリー・ビーンズって店なんだけど、女子高生に人気のパーティーを開いているらしいんだ」

紗由美は、紀子から借りたままになっていたパーティー券を出した。

竜司は、パーティー券を手に取った。真っ先に、昭立大学という名前が飛び込んできた。

「このパーティー券、どうした?」

「前に話したでしょ。黒ずくめの男たちに攫《さら》われそうになっていた女の子を助けてあげたって。その子が持ってたの」

「名前はわかるか?」

「ええと、確か、紀子……そうそう、岡崎紀子。あの清流高校の生徒よ」

思い出し、言った。

また、清流高校か。あそこは、昭立大学の附属高校だ。パーティー券に記された大学名と関係があるといえば、あるのだが……。

「このポップライトニング・カンパニーという会社は?」

「わからない。よかったら、調べるけど」

「俺が調べる。いい手がかりになりそうだ」

「竜司さん。私も何か手伝う」

「やめとけ。これ以上、深入りすると、俺も責任がもてない」

「責任なんてもってもらわなくてもいい。実を言うと、生活がきついんだ。今月はまだ、一人も客が取れてなくて」

「そんなにきついのか?」

「うん。とっても」

紗由美は、両肩を竦めた。

竜司は、ポケットから七枚の一万円札を出した。テーブルに置く。

「これを使え」

「七万円ももらうわけにはいかないよ」

「タダでやるとは言ってない。俺をこのジェリー・ビーンズという店まで案内してくれ。その案内料だ」

「そういうことなら、ありがたくいただいとく。じゃあ、早速行きましょ」

紗由美はバッグに金を入れ、立ち上がった。


二十分ほどで、店の前までたどり着いた。

「もう、閉まってるみたいね」

紗由美が言った。

ジェリー・ビーンズの看板は、しまわれていた。ドアには、クローズと書かれた札がかかり、中の明かりも消えている。

竜司はドアに耳を当てた。気配はない。身を起こし、紗由美に向き直る。

「あとは俺の仕事だ。金に困ったときは遠慮なく言うんだぞ」

「ありがとう。でもやっぱり、案内だけで七万円なんて悪いな。竜司さんがいないとき、ここを見張ってようかなあ」

「だから、これ以上の深入りは——」

「私、竜司さんのために働きたいの。誰かに必要とされたいの。お願い。無茶は絶対にしないから」

紗由美は両手を合わせて拝んだ。

じっと紗由美を見つめた。紗由美が見返してくる。視線を外そうとしない。

竜司はふっと微笑んで、首を横に振った。

「仕方ないヤツだな。わかった。絶対に無理をしないと約束できるなら、監視役を任せよう。この店に出入りする連中を見張ってくれ。写真を撮る必要はない。ただ監視するだけだ。バレない場所から監視するんだぞ」

「わかった。任せて」

紗由美は瞳を輝かせ、鼻息を荒くした。

竜司は苦笑した。

「意気込むな。気楽にやれ」

「緊急時の連絡はどうする?」

「留守電に入れておいてくれ」

「携帯を持ったら？　何かあったとき、困るんじゃない？」

「何かあったときに困るから、携帯は持たないんだ」

「どういうこと？」

「俺がもし、携帯を盗まれてみろ。俺の居所がバレるだけでなく、登録したアドレスの人間や履歴に残った人間にまで迷惑をかけるかもしれない。メールなどから、調査中の案件の情報が漏れることもある。張り込みや潜入の際、不意に携帯が鳴れば、相手に気づかれる。俺にとって、携帯はあまりメリットがないんだ」

「考え過ぎじゃない？」

「考え過ぎぐらいでちょうど良い。俺が相手にしているのは、一筋縄ではいかない人間ばかりだからな」

「ふうん。わかった。じゃあ何かあれば、留守電に入れるから、すぐに飛んできてよ」

「わかった」

竜司は微笑み、頷いた。

6

翌日の早朝。竜司は、再び清流高校を訪れていた。受付には、以前、応対してくれた女性事務員が座っていた。

「どうも、先日は」

竜司は微笑みかけた。

女性事務員は、むっつりとした顔で竜司を睨んだ。

「今度は何ですか」

「また一人、調べてもらいたいんですが」

「もう、ダメですよ。どうせまた、うちの生徒じゃないでしょうし」

「今度は間違いないはずです。岡崎紀子って子なんだけど」

「調べませんよ」

「そうですか。残念だな。無理は言えないし。でももし、その子がおたくの生徒なら、大変なことになるかもしれない」

「また、脅しですか！」

女性事務員は、眦を吊り上げた。

竜司は、涼しい顔で見返した。

「そういうわけじゃないんです。実は、その子がやはり援助交際をしていまして、先日ひっかけた相手というのが、ヤクザでしてね。そいつらが、彼女を探し回ってるという情報が入ったもので」

女性事務員の瞳が揺れた。ヤクザと聞いて、かなり動揺している。

脅したくはないが、仕方ない。竜司はたたみかけた。

「早く保護しないと、どうなることか……」

事務員の様子を覗き見た。

事務員はうつむき、逡巡《しゅんじゅん》していたが、やがて顔を上げた。

「字は？」

「普通の岡崎に、ノリは、糸偏に己です」

言うと、事務員はキーボードを叩いた。

検索する。結果が表示された途端、事務員は身を乗り出した。

「ありました。岡崎紀子。普通科の二年生です。この一週間、学校に来てません！」

事務員がみるみる蒼ざめる。

竜司は、彼女が一週間も休んでいるという事実が気になった。

「もしかして、ヤクザに……」

「住所と、写真があればお借りしたいんですが」

「は、はい」

女性事務員はあわてていた。無理もない。顔写真付きの履歴画面を出し、カラーでプリントアウトをした。

「これです」

事務員が差し出す。竜司はプリントを受け取った。

岡崎紀子は、南亜弥に似た童顔の女の子だった。

「ありがとうございました」

「あの！　もし、何かあった場合は、よろしくお願いします」

内密にということらしい。

「承知してます」

竜司は微笑み、学校をあとにした。


紗由美は交通量調査員のフリをして、朝から〈JELLYBEANS〉を監視していた。動きがあるのは、何も夜だけと決まっているわけじゃない。いつ何時、連中が動き出すかもしれない。

紗由美は、少しでも竜司のためになろうと必死だった。

何が、そうさせるのか。紗由美にもわからない。ただ、必要とされたいだけなのかもしれない。

売春を始めた頃も、似たような感情を抱いた。独りぼっちで淋しくて、行くアテもなくて。女として、男に体を投げ出すことで、必要とされる歓びを得ていた。

両親に必要とされなくなった反動が、出たのかもしれない。

けれど、竜司に対する心情は、それだけでない気もする。

何なんだろう、この気持ち……。

ぼんやりと考えつつ、紗由美は道路を挟んだ向かいの歩道に立ち、店先を見つめた。


竜司は、岡崎紀子の家に立ち寄った。

「何ですか、あなたは！」

玄関先に出てきた母親は、眦を吊り上げ、竜司を睨んだ。

「娘さんのことで、少々お伺いしたいんですが」

「娘は、学校です！」

「その学校に寄ってきたんですが、お宅の娘さんは、もう一週間も休んでいると、事務局の方が言ってましたよ」

言うと、瞳に動揺が走った。

母親は、竜司を玄関先に迎え入れ、ドアを閉めた。

「あなた、いったい――」

「トラブルシューターです。いろんなトラブルを解決する仕事をしています。今、調べている件の内容は言えませんが、調査中にお宅の娘さんの名前が出てきたもので、伺ってみたわけです」

正直に話す。

と、母親は、玄関口で正座をし、床に額を擦りつけた。

「お願いです。娘を捜してください。お願いします！」

「顔を上げてください。何があったのか、話してくれませんか？」

「一週間前、娘は友達の家に行くと言って出かけたんです。それっきり戻ってこなくて。心配してるんですが、騒ぎになれば、困るのは娘です。でも、もし、何事もなく帰ってきても、一度騒ぎを起こしてしまうと、せっかく入った清流高校を辞めさせられます。だから……」

「友達の名前はわかりますか？」

「はい。浅井和実という子です」

母親が言う。

竜司は、まさかここで和実の名を聞くとは思わず、瞠目した。

「でも、浅井さんも行方が知れないんです。二人して、どこかへ消えてしまって。悪いことに巻きこまれたんでしょうか。それとも、家出したんでしょうか。私、もうなんだかわからなくて……」

母親は泣き崩れた。

「お母さん、心配しないで。必ず見つけますから」

「お願いします！　お願いします！」

何度も何度も頭を下げる。

初めて訪れた人間に頼み込むとは、よほどまいっていたのだろう。母親の心痛を慮《おもんぱか》った。

しかし、浅井和実はまだ入院しているはずだが……。

「電話をお借りできますか？」

「はい。すぐ持ってきます」

母親は、居間のコードレスホンを取り、駆け戻ってきた。竜司は和実が入院していた病院へ連絡を入れた。

「もしもし。先日伺った影野です。浅井和実さんをお願いしたいんですが。……えっ！　二週間前に退院した！　はい、そうですか。いえいえ、何でもありません。では」

電話を切って、母親に渡す。

「あの……和実ちゃんが入院してたというのは」

「私も彼女とは多少面識がありまして。ちょっと具合を悪くしていた時期があったんです。ともかく、娘さんのことは任せてください。連絡先を教えておきます。留守がちなことも多いですが、何かあればメッセージを残しておいてください。私も何かわかれば、連絡を入れさせてもらいますので」

「お願いします！」

紀子の母親は、深々と頭を下げた。

紗由美は、寒風に耐えながら、じっと店先を監視していた。

やっぱり、日中は動かないのかしら……。

ひと息入れようと立ち上がる。と、通りの向こうに黒いＢＭＷが現われた。

「あの車！」

目を凝らした。間違いない。あの夜、南亜弥を送ってきた車と同じものだ。

紗由美は、目の前を横切る車にジャマされながらも、ＢＭＷを追った。

車は、店の前で停まった。後部ドアが開く。細面の男が出てきて、そのあとに少女が続いた。

一人は、ショートカットの子。そして、もう一人の顔を見たとき、紗由美は思わず声を上げた。

「あっ、あの子――」

岡崎紀子だった。

紀子は、昼間だというのに、どんよりとしていた。肩を落とし、男に押されるままジェリー・ビーンズへ入っていく。

もう一人の女の子も、紀子と同じようにフラフラと歩いていった。三人を降ろし、車は走り去った。

何かされている？　そうとしか思えない。このまま見ていることはできなかった。

紗由美は、携帯を取り出した。竜司の事務所に電話を入れる。

竜司さん、いて——。

祈るが、受話器の向こうからは、留守録のメッセージが流れた。

「もうっ！」

紗由美は、店のほうを何度も見やりながら、メッセージが切れるのを待った。発信音が鳴る。直後、早口でメッセージを吹き込んだ。

「竜司さん！　私が助けた女の子が、ジェリー・ビーンズに入っていった。男も一緒。他にショートカットの女の子もいる。二人とも、様子が変。これを聞いたら、早く来て！」

メッセージを入れ、電話を切った。

「だから、携帯を持ちなさいって言ったのに！」

文句をこぼし、通りの向こうへ急いだ。

店の前をうろついた。ガラス戸の隙間から中を覗く。通りから覗ける場所は、玄関のガラス戸ぐらいしかない。中はほとんど見えない。

角度をつけて、何とか奥を覗いてみる。青い照明が舞うフローリングに人影の動く様子が映る。が、何が行なわれているのかはさっぱりわからなかった。

紗由美は、もっと中が見えるところを探し、店の周りを調べてみた。

店と隣のビル陰の間に、隙間があった。横を向いて、ようやく入れるほどの幅しかない。その奥に、店側の小窓が見えた。

紗由美は、身体を横にしてカニ歩きで奥へと進んだ。

三分の二ほど奥へ進んだところで、小窓を確認できた。芳香剤のニオイがした。トイレの小窓のようだ。

小窓を開けてみた。スッと開く。そこから侵入できそうだった。

竜司からは、監視するだけと念を押されていた。が、どうしても中の様子が気になる。いざとなれば、逃げればいい。店は一階だし、ガラスを突き破って飛び出るぐらいのことはできる。騒ぎになれば、周りの人が気づくだろうし。

夜が更けていれば、無茶をするつもりはなかった。が、まだ陽は高い。少ないとはいえ、路地には人通りもある。

紗由美は、心を決めた。

窓縁を握り、壁に足をかけ、よじ上る。狭い空間が幸いした。うまい具合に足裏が壁にひっかかり、すんなりと上れた。

頭を小窓に入れた。肩をくねらせ、上半身を通す。体をひねって窓の上枠をつかみ、体を持ち上げる。

体は何とか持ちあがり、窓枠に腰かける形になった。腰を引いて足を上げ、窓枠に踵を置き、便座にそっと片足を下ろす。

音を立てないよう注意しながら足を運び、トイレに下りた。

ふうっと息を吐く。呼吸を整えた紗由美は、トイレのドアを少しだけ開けてみた。

「いやっ！」

女の子の悲鳴が聞こえた。

別の悲鳴も聞こえた。紀子と一緒に連れ込まれたショートカットの女の子だろうか。

いずれにしても、このままにはしておけない。

勇気を振り絞り、トイレを出た。黒い壁に囲まれたコンクリの通路を奥へ進んでいく。

壁に背を当て、声のするほうを覗いた。

紀子がいた。衣服を破かれ、男たちに追い回されている。別の男が、ショートカットの子に馬乗りになっていた。やはり、強引に衣服を剝ぎ取ろうとしている。

紀子が転んだ。男が紀子の尻に飛びついた。スカートを引き裂き、パンティーを強引に剝き下ろす。

「いや、いや、いやあああああ！」

紀子の悲痛な叫びが轟いた。

その姿が、堕ちていった自分の姿とダブる。

守ってあげないと。あの子だけは！

壁に掃除用のモップが立てかけられたままになっていた。紗由美は、それをつかんだ。

スチール棒だけを引き抜き、両手でしっかりと握る。

意を決して、フロアに躍り出た。

紀子を襲っていた男が振り返った。紗由美はその顔面にスチール棒を振った。

「あぎゃっ！」

不意を突かれた男は、棒をまともに食らい、顔を押さえてのたうち回った。

「誰だ、てめえ！」

ショートカットの女の子に馬乗りになっていた男が立ち上がろうとする。

紗由美は、柄を振り回し、男の横っ面に棒を叩きこんだ。

スチール棒は、男の頰骨を砕いた。男は真横に飛び、ぶっ倒れた。

「紀子ちゃん！」

「……あなたは？」

「私よ！　渋谷であなたを助けた！」

両腕を握り、揺する。

が、紀子は瞳をとろんとさせ、要領を得ない。

打たれてる――。

紀子の様子を見て思った。紗由美は紀子を抱き締めた。

「私が誰でもかまわない。早くここから逃げるのよ！　そっちの女の子も早く！」

紗由美は紀子の手を引いて、出入口へ駆け出した。

その時だった。

「なんだ、オバサン」

ドアの向こうから黒い影が現われた。

紗由美は、男の姿を見た途端、蒼ざめた。大柄の黒ずくめのスキンヘッド。

ブラックバーズ……！

「その女は、うちのモノなんでな。返してくれねえか？」

「何が、うちのモノよ。ふざけんじゃないよ！」

「おお、気丈なオバサンだな。俺を相手にして、逃げられると思ってんのか？」

スキンヘッドは、仁王立ちで紗由美を見下ろし、ニヤついた。

紗由美は、スチール棒を振り上げ、男の頭頂へ振り下ろした。重い響きが手のひらに伝わってきた。ビリビリする。棒は、頭蓋骨の形に沿って折れ曲がった。頭皮が裂け、血が滴る。

しかし、スキンヘッドは、ビクともしなかった。

「きかねえなあ」

舌を伸ばして、流れる血をペロリと舐め、不敵な笑みを浮かべた。

スチール棒を握り、頭から離す。

スキンヘッドは棒を引き寄せた。ゴリラさながらのパワーだった。

紗由美の身体がつんのめった。あっさりと引き寄せられる。

スキンヘッドは分厚い手のひらを振った。平手打ちが左顔面に炸裂する。

脳みそが揺らいだ。一瞬、意識が白んだ。弾き飛ばされた紗由美は、壁に上半身を強く打ちつけ、反動で床に倒れた。

ついで、逃げようとしていた紀子とショートカットの女の子の腕をつかんで、紗由美の傍らに放り投げる。

スキンヘッドは、紗由美に殴り倒された男たちの下へ歩み寄った。

「てめえら、何やってたんだ？」

「いや、その……」

「商品に手を出すなと言ってなかったか？」

「いえ、あの、つい……」

「言い訳が通用しねえってことぐらい、わかってるだろうが」

倒れた男二人の髪の毛をつかみ、持ち上げた。二人の上半身が起き上がる。

男たちの髪の毛をしっかり握り、お互いの顔面を思いっきりぶつけた。

二人が同時に悲鳴を上げた。

スキンヘッドは、二度三度と男たちの顔面を叩き合わせた。男たちの顔がひしゃげていく。歯は折れ、鼻腔《びこう》からは血が噴き出す。男たちの呻きも聞こえなくなる。

それでもスキンヘッドは、二人が動かなくなるまで、互いの顔面をぶつけ合わせた。

容赦ないスキンヘッドのやり方を見て、紗由美は身震いをした。そこに、細面の男が入ってきた。黒ずくめの男が続いて出てくる。

「どこに行ってたんだよ、山形」

「奥でセミナーの打ち合わせをしていたんだよ。どうしたんだ、こいつら？」

「おまえがいない隙に、売りモンに手を出してたぞ」

増淵が手を離す。

二人の男は、顔を紅血で染め、フロアに伏せた。

「バカな連中だ。……この女は？」

紗由美を見やる。

「ここへ忍びこんできたらしい。売りモンを逃がそうとしてたぞ」

「へえ」

山形は紗由美の顔を覗きこんだ。

「誰に頼まれた？」

紗由美は、顔を背けた。

「ダンマリか。しゃべるなら、早くしゃべっちまったほうがいいぞ。痛い目に遭わなくてすむ」

「山形さん。この女、知ってますよ。渋谷で立ちんぼをしてる女です」

黒ずくめの男が言った。

「ヤサは知ってるか？」

「ホテル街の隅にあるビルです」

「そうか。すぐ、この女のヤサをあさってこい。この女とつるんでるヤツの正体もわかるはずだ」

「はい」

返事をして、男が出ていく。

山形は、じっと紗由美を見据え、

「売春婦が人助けか。平和な世の中になったもんだな」

そう言い、せせら笑った。

紗由美は歯噛みした。

が、動くに動けず、二人の男を睨みつけることしかできなかった。

第六章　悪夢の終焉

1

紗由美からのメッセージを聞いた竜司は、バイクを飛ばし、ジェリー・ビーンズに急行した。

「紗由美！」

竜司は扉をぶち破り、店に飛び込んだ。

しかし、すでに店内はもぬけの殻だった。

人がいた気配は残っていた。フロアにはおびただしい血が四散《しさん》している。

店を出た竜司は、紗由美の家に向かった。

逃げ帰っているかもしれない。

むしろ、そうであってほしいと願う。

紗由美の自宅のドアは開いていた。部屋に踏み込む。が、一歩部屋へ入った途端、竜司の表情が険しくなった。

部屋は、足の踏み場もないほど荒らされていた。物という物が破壊され、衣服や本は切り刻まれ、ばらまかれていた。

竜司は、紗由美が捕らえられたことを確信した。

「あれほど、監視するだけにしろと言ったのに……」

両の拳を握り締める。

紗由美のメッセージには、岡崎紀子と、もう一人、ショートカットの女の子が店内に連れ込まれたとあった。紀子の母親の話から推察するに、ショートカットの女の子というのは、浅井和実のことだろう。

いずれにしても、早く探さなければ彼女たちが危険だ。フロアにあった血痕も気になる。

紗由美たちのものでなければいいが……。

とにかく探し出さなければならない。だが、どこを探せばいいのか、見当もつかない。

いったい、どこに……。

竜司は、ふとパーティー券に記されていた団体名を思い出した。

一つは昭立大学自己啓発サークル。もう一つはポップライトニング・カンパニーという会社の名前。

会社は登記していたり、サイトを作っていなければ、所在をつかむのは難しい。一方、昭立大学は現存し、場所もわかる。

大学を攻めたほうが早い。

的を絞り、部屋を飛び出した。

昭立大学は吉祥寺《きちじょうじ》にあった。開放的な校庭の奥に、ヨーロッパの聖堂を思わせる趣《おもむき》のある校舎がそびえる。キャンパス内では、学生たちが各々の時を過ごしていた。

竜司は、キャンパス内にバイクを滑りこませ、正門脇に停めた。

すると、小デブでメガネをかけた男子学生が近づいてきた。

「あなた、ここにバイク停められちゃ困るんだけど」

怪訝そうに竜司を見やる。

「用事はすぐ終わる。ちょっと置かせてくれ。おまえ、自己啓発サークルの部室を知らないか？」

「人にものを訊ねるのに、おまえはないでしょう、おまえは」

「論争してる間はないんだ。教えろ」

男子学生を睨んだ。気が立っているせいか、目つきが鋭くなる。

学生は気圧され、頬を強ばらせた。

「南校舎の三階の奥ですよ」

「ありがとう。ついでだ。俺が戻るまで、バイクを見張っておいてくれ」

竜司は言い、南校舎へ走った。

階段を駆け上がり、三階フロアに出る。幅の広い廊下には、やわらかな光が射していた。

竜司は、閑静な廊下を奥へ進んだ。廊下の左脇には、小部屋が並んでいた。南校舎は研究棟のようだ。各部屋のドア上部にはプレートがあり、学部学科名が記されていた。

最奥まで進んだ。プレートのないドアがあった。ガラスの窓を見る。〈自己啓発サークル〉と書かれた紙が貼られていた。

ここか……。

ノックをしてみた。中から応答はない。ドアバーを握る。倒すと閂《かんぬき》の外れる音がした。押してみる。鍵はかかってなく、ドアが開いた。

周囲に目を配り、人がいないことを確認して踏み入った。

室内はきれいに整頓されていた。中央に長いテーブルがあり、右壁際にスチール棚がある。左手のデスクには、ノートパソコンが三台置かれていた。

テーブルに置かれた資料ファイルを手に取った。自己啓発サークルが主催したパーティーのチラシやパンフレットが収められている。

どのチラシにも、協賛会社として〈ポップライトニング・カンパニー〉の名が記されていた。

スチール棚には、自己啓発に関する書籍が整然と並んでいた。

棚の扉を開け、中を隅々まで見渡した。特に変わったものは見当たらない。

ノートパソコンが置かれているデスクに歩み寄った。右端のノートパソコンは、電源が入ったままだ。

ドアの鍵が開いていたことからも察するに、中の人間は、少しの間、席を外しているだけのようだった。

外の気配に注意を向けながら、マウスを触った。メイン画面が出る。デスクトップに並んだフォルダー名を見てみた。

その中に〈パーティー参加者名簿〉というタイトルのフォルダーがあった。クリックしてみる。中にはエクセルファイルがあった。

ファイルを開くと、パーティー参加者の氏名や住所、携帯の番号やメールアドレスといった個人情報がずらりと表示された。

ほとんどが十六歳から十八歳までの女子高生だった。清流高校の生徒も多いが、首都圏近郊の高校生たちの氏名も散見する。

参加者の氏名は、日付ごとに区切られていた。おそらく、パーティーが開催された日にちだろう。

パーティーは、半年前までは週一回のペースで頻繁に行なわれていた。

しかし、渋谷で七和連合の事件が起こった頃から回数は減り始め、中国人グループと光臨会が衝突したあたりで、パーティーの開催はぷっつりと途絶えていた。

右横の枠が画面からはみ出している。カーソルをバーに当ててクリックし、はみ出た部分の項目を画面に表示する。

スタッフ数と記された項目を目にして、手を止めた。

「なんだ、これは……？」

首を傾げる。

名簿にはパーティーごとのスタッフの数を記している。しかし、その人数があまりに多い。たった三十名のパーティーで、多いときにはスタッフ数が、一二〇名を超えている。

自己啓発法のレクチャーで相応の人数を必要とするのかもしれないが、それにしても三十人に対して一二〇人のスタッフは多すぎる。

この数字はいったい……。

竜司は、別のフォルダーを開き、スタッフ数の謎を解く糸口を探した。

少しして、廊下から話し声が聞こえてきた。足音は二つ。声は、どちらも男だった。

戻ってきたか──。

改めて、室内を見回す。窓はスチール棚で塞がれている。出入口は、ドアだけ。逃げ場はない。

大きく息をつく。

仕方ない。たった二人だ。締め上げてやるか。

ドアの脇に身を寄せた。

男たちの話す内容が聞こえた。

「まったく、野村さんもきついよなあ。三日で五百スタッフを捌くセミナーを企画しろだなんて」

「ホント。おかげで、山形さんなんかピリピリしちゃって、怖くてしょうがねえよ」

話し声が、ドアの前まで迫った。

竜司は、壁に背をつけ、息を潜めた。

タイミングを計る。足音が止まり、ドアが開いた。隙間から人の影が差し、伸びる。竜司の姿がドアの裏に隠れた。

「今日も徹夜だな。来週のセミナーまで日がねえし」

「仕方ないよ。ここで、がんばっとかないと、山形さんに殺されちまう」

「誰か、山形さんを何とかしてくんねえかなあ」

「滅多なこと言ってると、明日にでも殺られちまうぞ」

二人は笑い声を立てた。

二人目の影がドアを潜った。ドアが閉まる。

瞬間、竜司は、二人目の男の背後に回り、組んだ両手を首筋に振り下ろした。

「はぐっ！」

男の膝が折れ、前のめった。

竜司は、男の尻を蹴飛ばした。つんのめった二人目の男が、先に入ってきた男の背中にぶつかる。

竜司はドアを閉め、内鍵をかけた。

二人の男が振り返った。

「何だ、てめえ！」

先に入ってきた男がいきり立つ。

不意打ちを食らった二人目の男が睨みつけ、近づいてきた。竜司の胸ぐらをつかもうとする。

その手首を握り、肘の内側に手刀《しゅとう》を落とした。そのまま左足を引き、上半身を折る。

男の身体がふわりと浮き上がった。反転し、背中からフロアに落ちる。

強《したた》かに背を打ちつけた男は、息を詰めた。間髪を入れず、鳩尾に踵を叩き込む。

「むぐっ！」

男は目を開いて腹を押さえ、気を失った。

「てめえ……」

残った男が、ジーンズの後ろポケットに右手を伸ばした。

竜司は地を蹴り、男の懐に飛び込んだ。

男が右手をポケットから出した。ナイフを握っていた。が、男がナイフを使うより早く、竜司の右膝が男の股間を蹴り上げていた。

「うぐうっ……」

手に持っていたナイフを落とした。

股間を押さえ、内股になり、ストンと跪《ひざまず》く。男は身を屈めたまま、動けなくなった。

竜司は、男たちのズボンを脱がせ、ズボンで両足首を、ベルトで背後にひねった両手首を縛り、動けなくした。

「……何のつもりだ！」

股間を蹴られた男が気丈に睨む。

竜司は脇に屈み、男の髪の毛をつかんだ。

「スタッフを捌くというのはどういう意味だ？　スタッフは何を意味する？」

「知らねえよ」

「おまえ、痛いことが好きなようだな」

男の右手を握った。自分の親指の爪を、男の親指の爪の付け根に立てる。

「素直にしゃべってくれないか？」

「そうか」

竜司は、男の爪の付け根に、親指の爪を食い込ませた。

「ぎゃあああっ！」

男は眉根を歪め、悲痛な叫び声を上げた。

「まだ、しゃべる気にならないか？」

親指に力を込めた。

男の爪半月に血が滲む。男はあまりの激痛に声も出せなくなり、唇を震わせた。

「ほらほら。早く話さないと、この指、使い物にならなくなるぞ」

ギリギリと爪半月に親指を突き立てる。

男の額に脂汗が滲み、蒼白となった。

「スタッフというのは何だ？」

「か……覚醒剤……」

「スタッフ数の意味は？」

「パケの数……パーティーやセミナーで売れたパケ数のこと……」

声を絞り出す。

竜司は、親指を離した。強ばっていた男の身体から力が抜け、フロアにぐったりと伏せる。

「セミナーでどうやってパケを捌くんだ?」

竜司は問い質した。

男はすっかり抗《あらが》う気力をなくし、すんなりと答えた。

「参加料という名目で金を集めて、一週間分のパケを渡すんだ。そのほうが闇雲に路上で売るより、管理もできて、効率的だろ」

「それで、パーティーを開いて、高校生たちを集めていたのか。名簿の若者たちすべてを顧客にするつもりか?」

「……そうだ」

「とんでもねえ連中だな。もう一つ聞かせろ。今日、ジェリー・ビーンズに連れ込んだ女たちは、どこにいる?」

「知らない……」

「そうか」

竜司は再び、親指を握った。

「し……知らない! 本当だ!」

男はぶるぶると震え、叫んだ。

どうやら、本当に知らないようだ。

「野村という男は、どこにいる」

質問を変えた。

「広尾の野村ビルにいる。野村さん名義のビルだ。女がいるならそこだよ、きっと」

「詳しい場所は？」

「パソコン内のフォルダーに、セミナー用パンフレットという項目がある。そこに地図がある」

「いい子だ。おまえらは、警察に引き渡す。そこでも今の話をするんだ。いいな」

竜司は言い、男の首筋に手刀を叩き込んだ。

「うっ！」

男はビクッと身体を硬直させ、まもなく絶入した。

竜司は、男のポケットから携帯電話を取り出した。瀬田へ連絡を入れる。

「もしもし、影野です。昭立大学の南校舎三階にある自己啓発サークルの部室にゴミが二つ転がってますから、掃除してもらえますか。渋谷の一件のことをよく知っている連中です。引っ張った後は好きにしてください」

用件を伝え、携帯を切る。携帯を自分のポケットにしまい、ノートパソコンを覗いた。

セミナー用パンフレットのフォルダーを探し、中にある地図を表示する。野村ビルの場所を記した地図と、簡単な内部の見取り図が出てきた。

竜司は、住所と見取り図を頭に叩き込み、自己啓発サークルの部室を出た。

2

大学を出たその足で、野村ビルの前にバイクで乗りつけた。

入口は、不気味な静寂を湛《たた》えている。

中に何人の男たちがいるのか、どのフロアに紗由美たちがいるのか、わからない。が、いろいろ考えている余裕はない。

小細工なしに正面から突破する腹を決めた。十年前、志道会に単身で乗りこんだときのことを思い出す。緊張と興奮がない交ぜとなり、全身の血が滾《たぎ》った。

エントランスを潜り、一階フロアのドアを押し開けた。

人影はない。部屋の中に物はなく、がらんとしていた。竜司はフロアを出て、二階への階段を駆け上がった。

二階フロアのドアを開ける。そこにも人はいない。

三階へ駆け上がった。そこにも気配はない。まるで、廃ビルのような静けさだ。

四階フロアも同じく、誰もいなかった。

どうなってるんだ……？

胸がざわつく。神経が張り詰める。

最上階の五階へ上がった。壁に背を当て、ガラスドアの向こうを覗く。

「……紗由美！」

紗由美は全裸だった。天井の支柱から下がるロープに手首を縛られ、吊るされている。戸口には、ガムテープを貼られている。その両脇には、同じ姿で、岡崎紀子と浅井和実が吊るされていた。

竜司は、フロアに飛び込んだ。一目散に紗由美の下へ駆け寄る。

「紗由美！」

竜司の声に気づき、紗由美が顔を上げた。

「んんんっ！」

紗由美は、竜司の左側に視線を向けた。

「お待ちしてましたよ、影野さん」

男の声がした。

振り返る。黒ずくめの男が六人、立っていた。中央にスキンヘッドの男がいる。

黒ずくめの男たちが、真ん中から左右に分かれた。デスクが現われた。背もたれの高い椅子に、涼しげな顔つきの男が座っている。男は竜司を見据え、ニヤリとした。

「ご無沙汰してます」

男は会釈をした。

南修輔だった。その横には、南亜弥の顔もあった。

「また会えるとは思わなかったな、もぐらさん」

南亜弥こと笹波理子は、薄笑いを浮かべた。今の彼女に、渋谷で助けた時や事務所へ礼に来た時のあどけない少女の顔はない。腹に一物あるずる賢い女の顔が、そこにはあった。

「影野さんなら、きっとここへ来ると思ってましたよ。なんせ、正義感あふれる現代のヒーローですからね。売春婦を助けるために、討ち死にも辞さず、敵のアジトに飛びこむ。なんとも美談じゃないですか」

「貴様ら……」

「改めて、自己紹介をしておきましょう。俺は、野村賢。こいつは、笹波理子。兄妹でも何でもありません。こういう関係です」

野村は、理子の腕を取って引き寄せた。口唇を重ねてみせる。

竜司は拳を震わせた。

「おまえら……どういうつもりだ」

「どうもこうもない。あなたを利用させてもらっただけです。渋谷を乗っ取るためにね。あなたは単純だ。理子を助けるために、わざわざ七和連合をぶっ潰してくれたんだから。おかげで、手間が省けましたけどね」

「遊びも終わりだ。おまえらの仲間は警察に捕まった」

「何のことです？」

「今頃、昭立大学の自己啓発サークルの部室に警察が踏みこんでいるだろう。あそこにあったすべての資料も押収されたはずだ」

竜司が言う。

野村はせせら笑った。

「何がおかしい！」

「大学内には、仲間がたくさんいるんですよ。部室を襲われたのは我々のミスだけど、後処理ぐらい簡単なものです。警察は、肩すかしを食らって帰っている頃でしょう」

冷ややかに竜司を見据える。

竜司は奥歯を嚙みしめた。

「あなたの弱点は何だと思います？　すぐ熱くなることです。ある境を越すと、力で相手をねじ伏せようとする。でも、力ではどうにもならない相手もいるんですよ、世の中には」

「あたし、アツイおじさまって、好きなんだけどなー」

理子がからかう。

大きく深呼吸をして気を静めた。野村たちに背を向け、紗由美たちを吊したロープの端を探る。ロープの先はいずれも、右側の壁のフックに取り付けられていた。

壁際に歩み寄り、ロープを一本ずつ解いた。三人の身体が次々とフロアに落ち、倒れる。

紗由美の下に歩を進めた竜司は、両手首のロープを外し、ジャケットを脱いで肩に羽織らせた。

「竜司さん……」

「大丈夫だ。彼女たちのロープも外して、隅に行ってろ。すぐに終わる」

すると、背後から拍手が聞こえた。

「いやあ、すごいすごい。この状況下で、敵に背を向け、女を助ける。あなたには本当に驚かされますよ」

野村が言った。

「ますます魅力的だわ、オジサマ」

理子が甲高い嘲笑を放った。

竜司はゆらりと立ち上がり、振り向いた。

野村を始め、居並ぶ若者たちを睥睨《へいげい》する。

「大人を舐めてると、痛い目を見るぞ」

「ぜひ見せてほしいものです」

野村が人差し指を上げた。

六人の男たちが、竜司を取り囲んだ。それぞれが手にナイフを握っている。

「お世話になったお礼です。本当なら、銃で撃ち殺すところなんですが、ゆっくり楽しんでもらおうと思って。六人全員を倒せば、チャンスもあります。せいぜい、ヒーローの熱い血を滾らせてください」

　高笑いする。

「全員倒せばいいんだな？」

「できるなら、ね」

　笑い声を立てていた野村が真顔になった。

「殺れ！」

　命が下った。

　男たちが一斉に襲いかかってきた。

　左から切っ先が飛んできた。わずかに後退《あとずさ》り、ナイフをかわして男の腕をつかみ、肘を当て、体を落とす。

　男の腕が折れた。

　背後から迫る気配がした。竜司は腕を折った男の身体を抱き、振り返った。

「うぐっ！」

　男は刮目《かつもく》した。ナイフが腹を抉っていた。その場に崩れる。

　仲間を刺した金髪の男は、ナイフを捨て右ストレートを放った。

竜司は額で拳を受け止めた。顔を歪めたのは、金髪男だった。頭蓋骨は硬い。金髪男の拳の関節は砕けた。

右手を押さえて前のめる金髪男の腹を思いっきり蹴り上げる。

「むぐう……」

男は胃液をまき散らし、その場に沈んだ。

右から坊主頭の男が突き出したナイフの切っ先が迫っていた。

とっさに、ポケットに差した携帯を取る。カツンと音がし、携帯がナイフの切っ先を防いだ。

刃先がめり込んだ携帯をひねる。男の手から、ナイフがこぼれる。竜司は、坊主男の顎先に左フックを叩き込んだ。

顎を砕いた坊主男は、血をまき散らし、横殴りにぶっ倒れた。

長髪の男が迫ってきた。ナイフが刺さった携帯を男に投げた。男が首を傾け、避ける。その際、わずかに男のバランスが左に崩れた。

竜司は、右足を振り上げた。カウンター気味に、右脛が男の顔面を蹴り上げた。男の身体が宙で横に一回転した。首からフロアに落ちる。長髪男は短く呻き、失神した。

背後に強烈な殺気を感じた。

振り返る。スキンヘッドの大きい拳が目の前に迫っていた。

両腕を交差させ、顔面をガードした。スキンヘッドの右拳が上腕にめり込んだ。骨が軋んだ。先程までの男たちとは比べものにならないパワーに圧され、竜司は後退した。

なおも、スキンヘッドが迫ってきた。左拳が空気を裂いて飛んでくる。速い。

上腕を起こした。が、間に合わない。

スキンヘッドの拳が竜司の右頰を抉った。脳みそが揺らぐ。強烈なパンチは竜司の身体を弾き飛ばした。

背中からサイドボードにぶつかった。ガラスが砕け散る。

竜司の腰が落ちた。そこに、スキンヘッドが突っ込んできた。

竜司は、砕けたガラス片を握った。

スキンヘッドの右膝が飛んでくる。太腿に向け、ガラス片を突き出した。

「うぎゃあ！」

ガラス片はスキンヘッドの右腿を抉った。

立ち上がりざま、スキンヘッドの頭をつかんで引き寄せ、右膝頭を叩きこむ。

スキンヘッドの顔面が潰れた。血を噴き上げ、仰向けに倒れる。

左脇に気配を感じた。瞬間、足の甲が視界に映った。

竜司は右腕で顔をガードした。強烈な蹴りに腕が痺《しび》れる。弾かれ、転がった竜司は、回転する勢いで体を起こした。

竜司を蹴ったのは、細面の男だった。先程まで野村のそばにいて、死闘を眺めていた男だ。仲間が倒されるのを見て、参戦してきたようだ。

スキンヘッドの男も立ち上がっていた。

竜司は、口に溜まった血を吐き出した。折れた奥歯がフロアに転がる。

身構え、対峙する。スキンヘッドと細面の男が放つ殺気は、他の男たちとは違っていた。

強いな、こいつら。この二人は、生半可に倒しても仕方がないということか。

竜司は拳を握り固めた。

「増淵、山形！　早く殺れ！」

野村が語気を荒らげた。

残った二人の男――増淵と山形は、両眼に怒気を漲《みなぎ》らせた。

竜司は足を擦らせ、間合いを計った。二人の様子をうかがう。

増淵は、拳を何度も握りかえしていた。山形は両手にナイフを握っている。

どう出る……？

口火を切ったのは、山形だった。

右手に持ったナイフを投げる。竜司は、体を傾け、ナイフをかわした。そこに増淵が突進してくる。

竜司は、体を右へ反転させた。増淵は、闘牛士にかわされた猛牛のごとく、竜司の脇を通り過ぎた。

瞬間、竜司の顔面に向け、山形がナイフを突き出した。

竜司は身を屈めた。右爪先を支点にぐるりと回転し、地を這うような左後ろ回し蹴りを放つ。竜司の左ふくらはぎが、山形の両脛を払った。

両脛をすくわれた山形の体が宙に舞った。なすすべなく背中から落ちる。背骨を軋ませ、息を詰める。

竜司は右肘を尖らせ、山形の顔面に落とした。鼻頭にめり込み、上前歯が砕ける。

山形は顔を押さえ、悶絶した。

上体を起こさせ背後に回り、素早く喉元に右腕を滑り込ませた。一気に締め上げる。

「あぐっ！」

山形が眼を剝いた。竜司の腕を掻きむしる。爪が食い込む。それでも竜司は、腕を解かない。

一方で、増淵の動きも目の端に捉えていた。増淵は竜司と山形のところへ駆け寄ってきていた。

竜司は、渾身の力で締め上げた。

山形は奇妙な呻きを漏らし、気絶した。

増淵の右足が飛んできていた。

竜司は山形から離れ、後方に回転した。山形の上体がグラリと倒れる。その横っ面に増淵の蹴りが炸裂した。

山形の上半身は真横に倒れ、フロアでバウンドした。血を吐き出し、ピクピクと痙攣する。

竜司は起き上がり、増淵と対峙した。

増淵は硬く握った拳を振り回した。

右に左に体を振って、パンチをかわす。空を切るたびに空気が震え、音を立てた。

増淵は力任せに腕を振り回した。が、徐々に迫る速度が鈍くなった。右太腿の傷が痛むようだ。時折、右膝を崩しかけては、苦悶の表情を滲ませる。

竜司は、その変化を見逃さなかった。

増淵の右手に回り込み、太腿の傷をめがけ、足刀蹴りを放った。

「んあっ！」

増淵は顔をしかめた。右膝が崩れる。

それでも体勢を立て直し、殴りかかってくる。

竜司は、そのたびに増淵の右側面に回り込み、増淵の右太腿の傷口をピンポイントで蹴り続けた。

傷口からはドクドクと血が噴き出した。黒いズボンをさらにどす黒く染める。

増淵は右足を引きずった。立っていることすら、容易でない状態だった。顔中に脂汗が滲み、唇も紫色に変色している。

軽く失血のショックを起こしているな。

そう見て取った竜司は、足下に倒れている男のベルトを引き抜いた。

増淵の右脇に回り込み、再度、傷口に蹴りを叩き込む。

増淵の巨体が揺らいだ。

その隙に、増淵の首筋にベルトを通した。両端をつかんで背後に回る。増淵の背中に自分の背中をあてがい、ベルトを握ったまま、上半身を前に倒した。

「うがっ！　ががが っ！」

増淵の踵が浮いた。ベルトが喉仏に食い込む。増淵は喉を掻きむしった。

増淵が暴れる。竜司は両脚を踏ん張り、増淵を背中に乗せ、その首をベルトで締め上げた。

「あがっ……あがが……」

増淵の呻きが小さくなってきた。

もうすぐ、落ちる——。

思った瞬間、突如、銃声が響いた。

増淵が目を剝いた。胸元から血が噴き出した。両眼が色を失う。

息絶えた増淵の身体が、ずしりと背中にのしかかった。竜司はベルトを離し、増淵の屍《しかばね》を振り落とした。

振り返る。再び銃声が響き、銃弾が竜司の左肩を抉った。

「そこまでだ、影野竜司」

野村は立ち上がっていた。手にはリボルバーが握られている。銃口はまっすぐ竜司に向いていた。

野村は、冷徹な眼で竜司を見据えた。

横で震えていた理子は、部屋から飛び出した。後を追いたいが、銃口を向けられていて動けない。

「強いですね。うちの精鋭をこうもあっけなく潰してしまうなんて。ここまで強いとは正直思ってもいませんでした。遊びのつもりだったんですがね」

「だから、大人を舐めるなと言っただろう」

「肝に銘じておきましょう。でも、残念ながら、あなたの最強伝説もここで終わりだ」

「撃てるものなら、撃ってみろ」

見据える。

野村は顔色一つ変えず、竜司の左腿を撃ち抜いた。

熱痛が走る。竜司は片膝を崩した。

「格好をつけても無駄ですよ。ドラマじゃないんだ。あなたも、ガキをナメてると、大ケガしますよ。尤《もっと》も、もうケガじゃ済まないですけどね」

野村の指がかすかに動く。

竜司は増淵の体を持ち上げ、背後に隠れた。

銃声が響いた。増淵の腹部に銃弾が刺さる。竜司は増淵の体を持ち上げた。上腕が軋む。

そのまま立ち上がり、屍を盾にして野村に突っ込んだ。

「まさか……」

野村の顔色が変わった。

立て続けに引き金を引く。が、銃弾は増淵の肉体を貫くだけだった。

「おおおおおっ！」

怒声を張り上げ、増淵の身体をデスクに向かって投げた。

巨体が降ってきた。避け切れない。

野村は、屍を抱えて椅子をなぎ倒し、フロアに仰向けにひっくり返った。背を打ちつけた拍子に手から銃がこぼれた。

デスクを飛び越えた竜司は、屍の上に乗り、野村を押さえつけた。

転がった銃を拾い、野村の眉間に銃口を押し当てる。

「どうしてこんなことができるんだ……規格外すぎるよ、影野さん」

「大人と子供の違いだ」

「殺せ」

「その前に訊きたいことがある。ポップライトニング・カンパニーというのは、どこにある？」

「自分で探せばいいだろ。だが、無駄なことだ。いずれ、あなたも殺される」

「どういうことだ」

「俺たちの仕事をジャマしたんだ。ボスが黙っちゃいない」

「ボスだと？　何者だ」

「だから、勝手に探せと言ってるだろ」

野村が屍の下から手を出した。

ナイフを握っていた。竜司の顔をめがけて、切っ先を突き出す。

竜司は即座にかわした。刃が右頬を掠める。瞬間、竜司の指に力が入った。

ドウッ！

眉間に穴が空いた。

野村が両眼を見開いた。突き出した腕がゆっくりと弧を描いて落ちていく。

野村の後頭部から溢れ出した血がじわりとフロアに広がった。

竜司はデスクをつかみ、立ち上がった。銃を置く。

デスクを回りこみ、気を失った男たちの上着とズボンを剝ぎ取った。腕にひっかけ、紗由美たちの元へ歩く。

「これを着ろ」

竜司は、三人の足下に服を投げて寄こした。紀子と和実が気だるそうに身を起こし、上着に袖を通す。

衣服を着込んだ紗由美は、竜司を見上げた。

「竜司さん……」

眉尻を下げ、微笑む。

白い肌には、ムチで打たれたような痣が無数に這っていた。殴られたのか、顔も腫れている。

「だから、無茶はするなと言っただろうが」

「平気よ、このぐらい……と言いたいところだけど、怖かった……」

声が震える。

竜司は、紗由美の肩に手を置き、握った。

「ともあれ、助かってよかった」

紗由美は竜司の手を握り、頬を寄せた。

「おまえは二人を連れて、ここを出ろ。そして、警視庁の瀬田局長に連絡を取って、このビルのことを教えてやってくれ」

「竜司さんは？」

「俺はまだ、用事がある」

竜司は、近くで呻いている男の首をつかんだ。

「おまえらのボスは、どこにいる？」

「ポップ……ライトニング、カンパニー」

「どこにある」

「は、晴海埠頭……」

「中の様子は？」

「行っても無駄だ。あそこはビル丸ごと警備されてる。俺たちを相手にするのとは、わけが違う」

「中の様子はと訊いてるんだ」

首を締め上げる。

「各階に見張りがいる……。最上階がボスのところだ……」

「武器がいるな。武器はどこにある？」

「地下に……」

「ありがとよ」

竜司は、そのまま男を締め上げた。男はまもなく白目を剥いた。

「竜司さん。その身体で行くの？　しかも一人で――」

「しっかりと痛めつけられたんだ。ミチや香川や松尾、おまえたちの借りもきっちり返さないとな」

「竜司さん……」

「祝杯の準備をして待ってろ」

竜司は倒れた男のベルトを抜き取り、左腿の付け根を縛った。

そして、紗由美に微笑みかけ、野村ビルを出た。

3

笹波理子は、ポップライトニング・カンパニーの本社ビルへ逃げ込んだ。

最上階に上がり、社長室へ入る。ボスと呼ばれている男は、理子に背中を向けたままだった。

「ボス。野村ビルが影野竜司に襲われているそうです」

理子を連れてきた側近の男が言った。

「放っておけ」

「ボス！　私たちを見捨てる気ですか！」

理子が声を荒らげた。

「おまえが逃げてきたということは、中にいた人間が殺られたということだろう。だったら、野村も殺られてる」

「そんな……」

「おまえたちが悪いんだ。私は、影野を甘く見るなと言ったはずだ。野村のことだ。どうせまた遊んだんだろう。最後まで、あの悪い癖は治らなかったな」

「それは……」

理子は言葉を濁した。

確かに野村は、竜司を見くびっていた。その結果、全員がやられたのも事実だ。

「で、おまえはどうしてここへ来たんだ？」

「助けてもらおうと思って……」

「私は組織の人間以外、助けるつもりはない。使えないヤツには消えてもらう」

にべもなく言い放った。右手を挙げ、指を鳴らす。

「待って！　待ってください、ボス……！」

側近の男が、背後から理子の首をつかんだ。理子の体が浮き上がる。

理子は足をばたつかせ、男の指をかきむしった。もがくほどに指が食い込む。

「あ、がっ、が……」

理子の顔が紫色に膨れ上がった。

側近の男は両の五指に力を込めた。

「がっ！」

理子の首が折れ曲がった。

理子は宙を見据え、息絶えた。ガラスに映る影で、理子の絶命する様を眺めていたボスは、静かに言った。

「影野は必ずここに来る。来たら、全力で殺せ」

「はい」

男は返事をし、理子の遺体を抱えて、部屋を出た。

やはり、もっと早く殺しておくべきだったな……。

ボスは、明かりが揺れる夜の海をじっと見据え、下唇を嚙んだ。


竜司は、晴海埠頭に来た。

嫌な場所だった。埠頭のニオイを嗅ぐと、十年前の事件を思い出す。

バイクを転がし、ポップライトニング社の看板を探した。

肩に大きなバッグを抱えていた。中には、手榴弾やサブマシンガン、拳銃、プラスチック爆弾も詰め込んでいる。

閑静な住宅街の一角にあるビルの地下に、これほどの武器が保管されていたのは驚きだったが、今の竜司には有り難い土産《みやげ》だった。

この先、何が待っているかはわからない。しかし、何があろうとポップライトニング・カンパニーを潰す気だった。

竜司は、かつてマルオ倉庫があった近辺を探してみた。

「まさか……」

バイクを停めた。

悪夢がよぎる。

ポップライトニング・カンパニーは、マルオ倉庫の跡地にあった。整地され、建物はガラス張りのビルに変わっているが、間違いなくマルオ倉庫のあった場所だ。

つくづく、ここに縁があるということか。

埠頭のバラック脇にバイクを停め、ビルの様子をうかがった。ところどころに明かりが灯っているが、エントランスは閉ざされていた。

明かりは、中二階あたりと最上階に灯っているだけ。他の階に明かりはない。

竜司が野村ビルを襲撃したことはわかっているはず。にもかかわらず、この静寂ぶりは不気味だ。迎撃準備を整え、待ち伏せしているのかもしれない。

どうする……。

思案した。が、いずれにしても、ビル内へ入るには、正面から切り込むしかない。

竜司はバッグの紐を握り、ポップライトニングのビル前に走った。

フロアを覗く。人影はない。どこかに敵が潜んでいるのかもしれない。しかし、踏み込まなければ、ボスとやらにたどり着くこともできない。

バッグからプラスチック爆弾を取り出し、ガラスドアの中央に取り付けた。バッグを持って離れ、柱の影に身を隠し、白い塊に銃口を向ける。

暗い中、竜司は闇に浮かび上がる白い塊に照準を合わせ、引き金を引いた。

銃弾が爆弾の真ん中を貫いた。

瞬間、すさまじい爆発音が轟いた。爆炎と共にガラスドアが砕け散った。地面には、火の塊が散乱した。

サブマシンガンを握り、カバンをつかんで中へ入った。

まもなく銃声が響いた。炎に照らされたフロアに人影が蠢いた。

竜司は、人影に向かって、サブマシンガンを乱射した。

銃声とともに悲鳴が上がる。竜司は、壁際に走った。壁に背を当て、フロアを覗く。敵の銃声が響く。

竜司は、銃声がやんだわずかな隙を狙い、サブマシンガンを乱射しながら、廊下へ飛び出した。

銃弾は、次々と男たちを貫いた。

エレベーターホールにたどり着いた。左右に二基、計四基のエレベーターのドアがある。通路には、十数名のスーツを着た男たちがたまっていた。数が多い。

バッグから手榴弾を取り出し、ピンを抜いて、転がした。

数秒後、炸裂音が響いた。同時に、複数の悲鳴が上がる。

エレベーターホールに躍り出た。男たちは砕けた手榴弾の鉄片を浴び、倒れていた。

四つあるエレベーターは、全基、下向きの矢印を点灯させていた。男たちが降りてきているようだ。

ホールの中央に立ち、真っ先に降りてくるエレベーターを待つ。右奥のエレベーターの到着ランプが点滅した。

エレベーターの脇に隠れた。サブマシンガンを握り、息を殺す。

まもなくドアが開いた。竜司は、銃口を箱の中に突き入れ、引き金を引いた。

「うぎゃあああっ！」

複数の絶叫が銃声をつんざいた。

マガジンの弾を撃ち尽くし、中を覗く。スーツを着込んだ男が数名、血まみれで絶命していた。

ドア口に転がった死体を蹴り退け、最上階のボタンを押し、ドアを閉めた。

エレベーターが静かに上がっていく。ビルは三十階建てだった。

バッグからもう一挺のサブマシンガンを取りだし、肩にかけた。サブマシンガン用のマガジン三本、拳銃を三挺、懐に差す。手榴弾を六つ、ベルトに引っかけた。

エレベーターは三十階を目指し、順調に上っていく。このままたどり着くかもしれない……と思った矢先、エレベーターが停まった。二十九階の手前だった。箱の中の明かりが消え、非常灯に切り替わる。

「電源を落としたか」

エレベーター内をくまなく見回す。箱の上に小さな枠がある。エレベーターの上部に出るドアだ。

竜司は、倒れている男たちを壁際に積み上げた。

プラスチック爆弾を一つ、バッグの中から取り出し、懐に入れる。

男たちの山を踏み上がり、エレベーター上部の小さなドアを押し開けた。屋根に上がる。

屋根に上がり、薄明かりを頼りにドアを探した。頭一個分ぐらい上に二十九階のドアがあった。

支柱をよじ登り、プラスチック爆弾をドアに取り付ける。空間の角まで行き、拳銃を握って爆弾を狙う。

引き金を引いた。

爆音が轟いた。ドアが吹き飛んだ。四角い空間が揺らぐ。砕けたドアの欠片《かけら》がワイヤーを切断した。

支えを失ったエレベーターは、急降下した。数秒後、四角い空間の闇に重い激突音が響いた。

ドア口に戻り、廊下の気配を探った。複数の殺気が蠢いている。

手榴弾を廊下に転がした。まもなく爆発し、いくつかの悲鳴が聞こえた。

竜司は廊下に飛び出た。

右手にサブマシンガンを、左手に拳銃を握り、壁に背を当て、爆煙煙る廊下の両サイドに向け、乱れ撃った。

男たちの叫声と怒号が響く。敵も応戦してきた。

撃ち尽くした拳銃を放り投げ、手榴弾を取り、投擲《とうてき》する。

爆音と共に火柱が上がった。男たちの叫喚がこだまする。

それでもなお、敵の銃声が響く。

「何人いるんだ、いったい！」

エレベーターを見た。残りの三基が上階を目指していた。

これ以上、増えられても困る。

エレベーターのドアをこじ開け、拳が入るぐらいの隙間を作った。そこから、手榴弾を落とす。

少しして、すさまじい爆音が轟き、ビルが揺れた。

三基のエレベーターを破壊し、上階へ行く術を探した。

フロア図に非常階段の案内がある。右奥の廊下を進んだ先だ。

行くしかない。

竜司は、銃把《じゅうは》を握りしめた。

4

壁際を進み、影を見つけては、サブマシンガンと銃をうならせた。複数の人影が見えたところは、手榴弾で掃除した。

徐々に、非常階段へと近づく。

が、次から次に男たちが湧いてくる。

カラになったサブマシンガンを捨てた。気配に気を配りつつ、手持ちの武器を確認する。

残りは拳銃二挺。この先、拳銃二挺だけでは、進めそうにない。

連中から奪うしかない。

懐に差した拳銃二挺を抜き取り、オフィスに飛びこんだ。

仕切りだけで個室を作っているオープンフロアのオフィスだった。

仕切りの陰に身を潜め、敵が来るのを待つ。

オフィスのドア付近を覗く。オフィスへの入口は、このドア一箇所のみだ。

竜司が握っているのは、十四連発のオートマグ。二挺で二十八発しか残っていない。

入ってくる敵を確実に仕留めなければ、活路はない。

ドア口に影が見えた。竜司は、その影に向け、銃弾を放った。

「ぎゃっ！」

悲鳴が聞こえ、男が倒れた。

二つ目の影は入ってこない。竜司は、顔を覗かせた。途端、敵がサブマシンガンを乱射し始めた。

頭を抱え、床に伏せた。

男たちが次々とオフィスに入り込み、サブマシンガンを乱射する。

薄暗い部屋が炸裂する銃火で明るくなる。砕けた仕切りが、竜司の頭にかぶさる。

「くっ……！」

まったく動けない。

銃声がやむのを待つ。が、乱射はやまない。

このままでは埒《らち》が明かない。

竜司は出入口付近に向かって、床を這った。砕けたガラスが腹や胸を裂く。だが、身を起こすわけにはいかない。

痛みに耐えながら、廊下側の壁際まで進んだ。

一瞬にかけるしかない。

ズボンの裾で手のひらの血と汗を拭い、拳銃を握り締める。

しばらく続いた銃声が、ふっとやんだ。瞬間、フロア内の通路に転がり出た。二挺の銃が火を吹く。

男たちには、床に這いつくばっている竜司が視認できなかった。出入口付近は、見えない銃弾を浴びせられ、パニックに陥った。

銃を撃ちながら立ち上がり、出入口付近へ駆け寄る。

男たちの手前で、銃を撃ち尽した。オフィスに入ってきた男たちはみな倒れていたが、新たに入ってこようとしている男たちの影が、目の端に映った。

竜司は、カラの拳銃を放り投げた。目の前にサブマシンガンの銃口が出てくる。それをつかんで引き寄せた。

男はバランスを失い、前のめりになった。男のアゴ先に右膝を叩きこむ。男の首が折れ、うつぶせに沈む。

サブマシンガンを奪い取った竜司は、すぐグリップを握り、出入口の外に向かって乱射した。

外に固まっていた男たちを銃弾が一掃する。持っていたサブマシンガンを撃ち尽くすと、また別の男のサブマシンガンを拾い、敵の影を見つけては、乱射した。

男たちは血をしぶかせ、次々と倒れた。

銃声がやみ、一瞬の静寂がフロアを包む。竜司は壁に身を寄せ、息をついた。

が、休んだのも束の間、竜司がもたれていた壁に、ショットガンが撃ち込まれた。

衝撃と共に身体が吹き飛ぶ。右半身に砕けた壁の破片が突き刺さった。

竜司は、痛苦に眦を歪めた。

身を屈め、廊下の反対側にある壁の際に転がる。ショットガンが再び火を吹く。銃弾は、床を抉った。

ガチャッと音がする。薬きょうの転がる音が聞こえる。

その隙に壁の陰から飛び出て、男の顔面に銃を放った。男の額が砕けた。血を噴き上げ、仰向けに倒れる。

二十九階のフロアは、ようやく静かになった。

座り込み、壁に背をもたせかけた。全身の傷が疼《うず》く。

「残るは最上階のみ、だな」

フッと活を入れ、立ち上がる。

倒れた男たちから、武器を奪う。

オートマグを懐に挟み、左手にサブマシンガンを、右手にショットガンを携える。

「さて、行くか」

竜司は、非常階段に躍り出た。

5

非常階段で待ち伏せていた男たちを迎撃し、三十階のフロアに出た。

間髪を入れず、壁の陰から銃声が轟いた。

身を屈め、気配のする壁の隅に向け、ショットガンを撃つ。腹を揺るがす太い爆音が響き、散弾が壁を砕く。

顔を押さえた男が廊下に転がった。その後ろに人影が見える。竜司は、もう一発、ショットガンを放った。

男の胸元に散弾が炸裂した。爆勢で吹っ飛んだ男はガラス窓を突き破り、ビルの外へ放り出された。

強い風が吹き込んできた。竜司は、目を細めた。

反対側の壁から、男が飛び出してきた。竜司は、その影に向かって、サブマシンガンを乱射した。

廊下の奥に突き進む。男たちを掃射し、エレベーターホールまで来た。

壁に身を隠し、よぎる影に狙いをつける。二、三人の男を倒したところで、サブマシンガンの弾が切れた。

サブマシンガンを放り投げ、拳銃を引き抜いた。スライドを滑らせ、撃鉄を起こす。

壁際を走り抜け、奥へと進んだ。一人、また一人と撃ち抜いていく。飛び出す薬きょうの数だけ人影が倒れていき、ようやく銃声がやんだ。

キャッチを外し、マガジンを引き抜いた。残りの弾は五発だった。

マガジンを戻してスライドを滑らせ、弾を装塡する。

社長室の前に立った。

大きく深呼吸して、刮目した。

ドアを蹴り開ける。

木製の机が映る。両脇に立っていた男たちが、竜司に銃口を向けた。

竜司は斜め右に転がり、二つの影に銃を放った。二人も引き金を引く。が、竜司の狙いのほうが精確だった。

一人は胸元を貫かれる。もう一人は眉間を撃ち抜かれた。男たちは銃を握ったまま宙を睨み、同時にその場に崩れ落ちた。

竜司は身体を起こし、背を向けて座っている男に銃口を向けた。

「あとは、おまえだけだ」

竜司は、ゆっくりと机に歩み寄った。

地上からサイレンの音が聞こえた。騒ぎを聞きつけ、湾岸署や消防署が駆けつけたのだろう。

紗由美の連絡が伝わっていれば、組対の人間たちも駆けつけているかもしれない。

「まもなくここに警察が踏み込んでくる。終わりだ。両手を挙げて、振り向け。下手な真似をすれば、撃ち抜くぞ」

静かに怒気を込める。

「さすがだな、影野。おまえはやっぱり、たいした男だよ」

椅子がおもむろに回る。男の姿が映る。腕は下げたままだ。竜司は、引き金に指をかけ、男の頭部を狙った。

が、その顔を見た途端、我が目を疑った。

「そんな。まさか……」

男の顔の右半分には火傷の痕があった。少しふっくらとして、メガネをかけている。風貌は十年で様変わりしている。

しかし、目の前に晒された事実は、論を俟《ま》たなかった。

「宇田桐！」

二度と口にすることはないと思っていた親友の名を呼んだ。

「久しぶりだな、影野。もう、おまえと会うことはないと思っていたよ」

「生きていたのか……」

「当たり前だ」

宇田桐は、鼻を鳴らした。

信じられなかった。

間違いなく死んだと思っていた。

我が眼で、爆炎に巻き込まれる宇田桐を見た。炎の瓦礫に埋もれて消えた宇田桐を見た。

現場で発見された左手は、確かに宇田桐のものだった。

「おいおい、幽霊を見るような顔するなよ。俺は、最初から死ぬ予定じゃなかったんだ。ただ、ちょっとしたハプニングで、火傷を負い、こいつもなくしちまったけどな」

右手で左腕のワイシャツをめくった。左腕は肘から先を失っていた。

「予定とは、何だ？」

「十年前の事件。あれは初めから俺が仕組んだことだったんだ」

「なんだと！」

竜司は気色ばんだ。

宇田桐は涼しい顔で笑みを崩さず、話を続ける。

「なあ、影野。思わないか？　俺たちがどんなに命を張って連中を挙げても、麻薬組織は次々と台頭してくる。大物は捕まっても証拠不充分で不起訴。何ら罪を償うことなく娑婆に出てきて、我が物顔で闊歩する。酷いよなあ、現実は。世の中、正直者が馬鹿を見るようにできている。俺は、組対にいて、つくづくそう感じたよ」

「何が言いたいんだ」

「まあ、そう尖るな。俺は、どっちが得か、考えたんだ。このまま一生、小賢《こざか》しい連中とのいたちごっこに明け暮れるか。自分で仕切って金を儲けながら、クソみたいな連中を潰し、好きに生きるか。そこいらの組織に負けない自信はあった。なんせ俺は、組対の動き方を知ってるからな。密輸ルートもつかんでいる。半分、玄人《くろうと》みたいなものさ。だから、組織を作るのもたやすかった。俺はな、影野。どうせなら利口に生きてやろうと思ったんだよ」

うっすらと笑みを浮かべる。

「柳沢通運へ潜入する時にはもう、すべての流れをつかんでいた。あの時すでに、俺はバイヤーたちと話をつけ、新たな受け皿となる準備を進めていた。あとはどう志道会を潰すかだったんだが、できれば、ルートは無傷で残したかった。だから、黒田を取り込んだ。

志道会を潰したあと、表をあいつに仕切らせるつもりもあってな」

「矢部や和賀も取り込んだのか？」

「あいつらは黒田に利用させたんだ。俺と黒田がつるんでいたことは知らない。和賀は、金さえ積めば、簡単に命令を聞くゲス野郎だ。矢部は、おまえと同じ直情タイプでな。竜司守が刑事だと黒田に吹き込ませたら、裏切りやがって、殺してやるということになったらしい。いずれにしろ、事が片付けば、二人には死んでもらう予定だったんだがな」

「黒田が取り込んだにしても、西麻布の店に踏み込んだ当時、矢部とおまえは仲間だったはずだ。なぜ、矢部はおまえを撃ったんだ？」

「おまえの目は節穴か。あれは空砲だ。黒田に命令して、空砲を仕込ませておいたんだ。矢部自身は俺の正体を知らなかった。自分が空砲を撃たされていたとは思ってもいなかっただろう」

　宇田桐は当時を思い出し、ニヤついた。

「初期計画では、そこまで仕込む必要はないはずだったんだが、画策しているうちに、密売ルートを残したまま、志道会を潰すのは難しいという判断に至ってな。なら、きれいに掃除するしかないと思い、組対に志道会を一掃させる計画に変更したんだ」

「それで、美雪を……亜也を殺したというのか。俺を利用するために！」

「仕方がなかった。俺が、志道会の柳沢に直接手を下すわけにはいかない。といって、ヒットマンは使いたくない。連中は信用できんからな。となると、都合よく志道会を潰してくれるのは、熱血漢でタフなおまえしかいないという結論を得た」

「おまえは……おまえの利益のために、黒田と芝居を打ったというわけか！」

「名演技だっただろ。空砲まで撃たせて、完全に死んだことにするあたり。火傷を負い、左腕も失ったが、損のない代償だったよ。美雪さんたちを巻き込んだのは、悪いと思っている。いずれ、墓を贈らせてもらうつもりだ。おまえも含めた、家族水入らずの墓をな」

「墓へ入るのは、おまえだ」

　竜司は引き金を引こうとした。

「やめたほうがいい」

　宇田桐は右手を挙げた。手には、タバコの箱を半分に切った程度の小さな装置を握っていた。

「このビルには各階に爆弾を仕掛けている。警察官や消防署員がビル内に多数入ってきているのだろう？　俺はこれで、その全員を殲滅することができる」

「くっ……」

「まあ、久しぶりの再会だ。ボンクラ共《ども》が上がってくるまで、ゆっくりと話でもしようじゃないか」

　宇田桐は高笑いをした。

竜司は動けなかった。

宇田桐なら躊躇なく、爆破スイッチを押すだろう。用意周到な宇田桐のこと。自分がやられても、ビルを爆破できるよう、別の仕掛けを仕込んでいるかもしれない。

自分のせいで、再び、大量の犠牲者を出すことは忍びなかった。

「しかし、おまえも本当に利用しがいのあるヤツだな。簡単に人の話を真に受けて、七和連合を潰してくれるとは」

「それも計画のうちか」

「そうだ。志道会を潰したまではよかったが、おまえが想像以上の無茶をしてくれたもので、密売ルートまでなくなった。おかげで、新たなルートを作らなくてはならなくなった。だが、時間をかけている間に、他の組織が台頭してきた。それで再び、掃除する必要に迫られてな。どうしたものか考えていた時、おまえがトラブルシューターという解決屋をしていることを知った」

「それで、野村たちを使って――」

「おまえなら、きっちり仕事をしてくれると思ったんだよ」

肩を竦めておどけ、話を続ける。

「七和が潰れ、渋谷のバランスが崩れたあと、すぐさまイラン人グループを組対に売った。組対がなかなか動き出さないから、こっちも動けなかったが、イラン人グループが検挙されたあとは、中国人グループと光臨会をぶつければいいだけ。単純だが確実な作戦だ。おまえがいなければ、遂行できなかった作戦だよ」

宇田桐はニヤリとし、さらに話し続けた。

「ただ、唯一の誤算は、おまえが野村と笹波理子を追い始めたということだ。それさえなければ計画は完璧だった。まあ、ヤツラがそれだけ使えなかったというわけだがな」

「一度ならず、二度までもか――」

「二度も俺の計画にひっかかるおまえが悪い。まあ、おまえの性格を知り尽くした俺だから、できた計画なんだがな」

宇田桐は、挙げていた右手を下ろし、机にかけた。身を乗り出す。

「なあ、影野。俺と組まないか？」

「何？」

「おまえのタフさは、他に類をみない。おまえも麻薬組織には一家言《いっかげん》あるだろう。俺はこのままこの商売を続ける。おまえは敵対する組織を潰してくれればいい。俺は儲ける。おまえは大手を振って、麻薬組織を壊滅させられる。組対時代のように、地味に内偵をして気を揉むことはない。皆殺しにすればいいんだ。どうだ。俺たちの利益は合致すると思うが」

「断わる」

「にべもないな」

苦笑する。

「宇田桐。おまえの正義はどこにある？」

「正義？　何、ぬるいことを言ってるんだ。正義なんてありゃしない。勝った者が正義。力を持った者が正義だ。俺たちは組対で散々、その事実を見せつけられたじゃないか？では訊くが、おまえがここまで攻めてきたのは正義か？　多数の俺の仲間を殺したのは正義だから許されるとでも言いたいのか？」

「そんなことは思っていない。しかし、少なくとも、裏社会に堕とされかけた普通の人々の何人かは救った。これからおまえらの手で闇に引き込まれるかもしれなかった人間も守ることができた。小さいことかもしれんが、それでいいと思っている」

竜司は毅然と言った。

宇田桐は、大声で笑った。

「本当におまえは、昔から真正直だな。天然記念物並みだ」

笑い続ける。

竜司は、冷ややかな目で宇田桐を見つめた。

非常口のドアが開いた。社長室へ十数人の制服警官がなだれこんでくる。陣頭に立っていたのは、瀬田と垣崎だった。

制服警官は二手に分かれ、竜司と宇田桐を取り囲み、銃口を向けた。

瀬田は宇田桐を認め、驚きの声を上げた。

「宇田桐か！」

「お久しぶりです、部長。いや、今は局長か。俺たちのおかげで、出世したようなもんだ」

「どういうことなんだ？」

瀬田は、竜司を見やった。

竜司は何も言わず、ただ宇田桐を睨む。

警官が宇田桐に近づいた。宇田桐は、静かにその警官を射抜いた。

「俺に触るときは気をつけろよ。この起爆装置は、扱いを誤るとたちまち作動する」

右手を掲げ、スイッチを見せつけた。

起爆装置と聞き、警官たちの動きが強ばった。

「瀬田局長殿。先に影野の銃を取り上げるべきじゃないんですか？　民間人が銃を持っているんだ。立派な銃刀法違反じゃないですか」

せせら笑う。

瀬田は、苦々しく眉根を寄せた。

「垣崎くん。影野の銃を取りたまえ」

瀬田が言う。

垣崎は竜司の手から拳銃を取った。それを見て、宇田桐が近くの警察官に起爆装置を渡した。

「スイッチを切っても爆発する。そのまま電波の圏外まで持ち運ぶんだ」

宇田桐は言った。

装置を受け取った警官は慎重な足取りで部屋を出た。

起爆装置を持った警官の姿が見えなくなり、ようやく、他の警察官が動いた。宇田桐の右手首に手錠をかける。

警察官二人が宇田桐の両脇を抱え、立たせた。連行しようとする。

宇田桐は身体を揺すり、警官たちの腕を振り払った。

「心配するな。こうなれば逃げられないことぐらいわかっている。俺を誰だと思っているんだ。おまえらの大先輩だぞ」

警察官たちをねめつけ、出口に向かって歩き始める。複数の警察官が宇田桐を取り囲んだ。

宇田桐は不意に立ち止まり、竜司を見やった。

「そうだ。亜也ちゃんのことだがな」

唐突《とうとつ》に娘の名前を口にした。

「あれ、俺の子かもしれないぞ」

「なんだと……？」

竜司の眦が震えた。

「美雪さん。なかなかいい具合だったよ」

ほくそ笑む。

「今まで抱いた女の中でも、彼女は最高だったな。抵抗の仕方もよかった。おまえがまったく気づいていない姿も実に楽しかったよ。美雪さんも、おまえに心配かけたくなくて、俺に犯された素振りなんて微塵も見せなかったしな。おまえらには、実に美しく健気な夫婦愛を堪能《たんのう》させてもらった。おかげで、俺はますます、結婚する気など失せたがな」

笑い声を立てた。

「おまえは一生刑務所だ。俺はすぐに出てくる。それだけの力はこの十年で蓄えた。娑婆《しゃば》に出たら、亜也ちゃんの墓を掘り返して、骨を取り出し、ＤＮＡ鑑定をしてやるよ。結果はムショに差し入れてやるから、楽しみにしてろ」

嘲笑い、歩き始める。

竜司は固く握った拳を震わせた。

我慢した。腹の中に滾《たぎ》る私怨《しえん》を抑え込んだ。指先が冷たくなるほど、歯を食いしばって耐えた。

脳裏に家族で過ごした日々がよぎる。美雪はいつも笑っていた。亜也はいつも、竜司がいるときはべったりと張りついて離れなかった。時折、宇田桐や楢山を家に招き、美雪の作った料理を堪能しながら、時間が許すまで飲んで語った。

だが、宇田桐に突きつけられた事実が、すべての想い出を打ち砕いた。

その日々のすべてが、虚構だったというのか……。

怒りを殺した。

歯を食いしばって耐えた。

宇田桐を見据える。

去り際、宇田桐が肩越しに振り向いた。勝ち誇ったように口辺を歪めた。

想い出に黒いカーテンがかかり、割れた。

忍耐が限界を超えた。

竜司がゆらりと動いた。

脇を通りかかった警察官の背後に回り、首に腕を巻いた。耳元で「すまない」と囁き、警官のホルダーから銃を抜き出す。

「宇田桐！」

怒声を上げた。

宇田桐がやおら振り返る。不敵な笑みを浮かべる。

が、竜司の手元を見た途端、宇田桐の両眼が強ばった。

「やめろ！」

瀬田が叫んだ。

宇田桐は、警察官の陰に身を隠そうとした。

それより早く、拳銃が火を吹いた。

放たれた銃弾は、宇田桐の右目を抉った。宇田桐は左目を剝き、宙を見据えたまま、仁王立ちした。

竜司は、立て続けに引き金を引いた。

宇田桐の頭部に複数の銃弾が食い込んだ。最後の弾丸が眉間にめり込む。同時に頭蓋骨が砕けた。血に染まった骨片と脳みそが弾け飛んだ。

銃声がやみ、硝煙が揺れる。

頭半分を吹き飛ばされた宇田桐の身体がぐらりと揺らいだ。ゆっくりと仰向けに倒れていく。背中を打ちつけた宇田桐の身体がバウンドする。フロアには宇田桐の血塊と脳みそと眼球が四散した。

竜司は銃から手を離した。

制服警官が竜司の背後に迫り、フロアに押し倒した。二人、三人と竜司の背中にのしかかり、押さえ込む。一人の警官が腕をねじ上げ、後ろ手に手錠をかけた。

両脇を抱え上げられ、引きずられるように連行される。

「影野――」

瀬田が声をかける。

竜司は、応じる素振りを微塵も見せず、虚ろな目を足下に向けたまま、警察官に連れて行かれた。

エピローグ

「影野。面会だ」

独房から出された。手錠をかけられ、面会室へ先導される。

竜司は、殺人罪を始めとした複合罪で懲役十五年の実刑判決を受けた。組織犯罪撲滅《ぼくめつ》に貢献したという事実は考慮されたが、殺した人数は多く、武器を使っての破壊活動も過ぎて、司法機関は黙認できなかった。

判決に逆らう気はなかった。自分のしたことには責任を取りたい。むしろ、死刑で構わないと思っていたが、その願いは届かなかった。

また死ねなかったという思いが、胸の奥でくすぶる。

下関《しものせき》北刑務所に収監されて、半年が過ぎていた。塀の外には若葉が映え、来る夏を匂わせる。

だが、どんなに季節が移り変わろうと、竜司の気持ちが晴れることはない。

想い出は崩壊した。すべてが無限の彼方に消えた。竜司は、唯一のよりどころをなくした。

何のために生きるのだろうと思う。同時に、何のために死ねばいいのかもわからない。ただ生き長らえているだけ。

来る日も来る日も、生死の意味を自問していた。

面会室に入る。プラスチックの仕切り壁の向こうに紗由美がいた。

「竜司さん。調子はどう？」

「変わらないよ。それより、どうしたんだ、その髪型は？」

竜司は訊く。

「切っちゃった。似合う？」

紗由美が照れた様子で頭を掻いた。

長い髪の毛をバッサリと切り、ショートカットにしていた。大人びた雰囲気だった紗由美の顔に、あどけない少女の影が覗く。とても、街娼には見えない。女子大生でも通用しそうなほど、若返った。

紗由美は月に一度、東京から下関に出向き、竜司の面会に来ていた。多い時には、月に三、四回ということもある。

つい先週までは、ロングヘアーだった。

「何かあったのか？」

「実はね。街娼、やめたんだ」

「やめた？」

「うん。細々と続けてたんだけどね。相変わらず、客は戻ってこないし、竜司さんとの関係で妙に警察と仲良くなっちゃったでしょ。なんとなく続けにくくなってさ」

「そうか。今は何を？」

「ヘルパーをしてるの。二級の免許取得を目指しながら、家政婦みたいなことをやってる」

「そうか。おまえにはその方が向いてそうだな」

「自分でもそう感じてるんだ。誰かに必要とされていることが実感できて、心地良いの」

紗由美はもの柔らかに微笑んだ。

竜司も微笑む。

紗由美は、本当の〝生きる意味〟を見つけたようだ。これから先は、本来の紗由美らしく生きていくことだろう。

過去は知らない。が、紗由美が苦しんできたことは肌で感じていた。

ようやく自分自身の道を歩み出そうとしている紗由美を目にして、素直にうれしく思う。

物思いに耽《ふけ》りながら、ついつい紗由美を見つめていた。

紗由美ははにかみ、話を変えた。

「そうそう。紀子ちゃんと和実ちゃんが、やっと退院できたんだ。二人ともまた、清流高校へ復学するんだって。学校側は受け入れたくなかったみたいなんだけど、瀬田さんが取り計らってくれて」

「それはよかった」

小さく微笑む。

「渋谷はどうだ？」

「また、小さな組織が出てきたみたい……」

紗由美は表情を曇らせた。

いたちごっこ、か。

宇田桐の言葉を思い出す。

「でも、垣崎さんが組織壊滅の先頭に立ってがんばってるから、大丈夫。それに、新宿東署のあの大きい人」

「楢山か？」

「そう。楢山さんも、もうすぐ組対部に転属するんだって」

「あいつが組対か。力になるだろうな」

「竜司さんのせいみたい。影野の穴は、俺が埋める、なんて、意気込んでたから」

「俺はもう、十年以上前に穴を開けているんだがな」

竜司は自嘲した。

榴山らしいと思う。

榴山は榴山なりに、竜司を気づかってくれているに違いない。自分が組対部に入ることで、竜司の信念は生きていると伝えたいのだろう。

そういう男だ、榴山は——。

そうしたエールは、素直に有り難いと思う。

「榴山に言っといてくれ。熱くなるのはいいが、俺みたいに利用されるんじゃない、と」

「わかった、伝えとく。でね……。一つ、竜司さんに断わっておかなきゃならないことがあるんだけど……」

「何だ？　改まって」

「街娼やめて、渋谷のビルは引き払ったの。いっそのこと環境もごっそり変えたくて」

「いいことだ。どこへ移ったんだ？」

「竜司さんの大久保の事務所」

「事務所は処分してくれと頼んだだろう」

「あそこ、動くのに便利なのよ。それに、あの場所を譲り渡したら、竜司さんも行くところがなくなるでしょ？」

「俺に帰る場所など——」

言いかけたとき、紗由美が仕切りに顔を近づけた。

囁く。
「私、ずっと待ってる。そう決めたんだ」
紗由美は頬を染め、席を立った。
「じゃあ、また来るね」
手を振り、笑顔を残して去った。
紗由美の背中を見送り、立ち上がった。
面会室を出る。
暗い廊下を進みながら、紗由美の言葉を思い出す。
刑務所を出た後の暮らしなど想像できなかった。
ここを出た時、俺は元の場所に戻れるのだろうか。
それを望んでもいいのか、俺は……。
独房へと続く薄暗い通路の先の闇を静かに見据える。
『待ってるから――』
紗由美の言葉がよぎった。
闇の向こうにうっすらと光が射す。
竜司は、ふっと微笑んで小さく首を振り、独房へ戻った。

この作品はフィクションで、実在する個人、団体等とは一切関係ありません。

本作品は『もぐら』（一九九八年六月　C★NOVELS）に加筆したものです。

中公文庫

もぐら

2012年4月25日　初版発行
2012年8月20日　8刷発行

著　者　矢月《やづき》秀作《しゅうさく》

発行者　小林敬和

発行所　中央公論新社
〒104-8320　東京都中央区京橋2-8-7
電話　販売 03-3563-1431　編集 03-3563-3692
URL http://www.chuko.co.jp/

DTP　平面惑星
印　刷　三晃印刷
製　本　小泉製本

Published by CHUOKORON-SHINSHA, INC.
Printed in Japan　ISBN978-4-12-205626-8 C1193

定価はカバーに表示してあります。落丁本・乱丁本はお手数ですが小社販売部宛お送り下さい。送料小社負担にてお取り替えいたします。

各書目の下段の数字はISBNコードです。978−4−12が省略してあります。

中公文庫既刊より

あ-61-1
汝の名
明野照葉
男は使い捨て、ひきこもりの妹さえ利用する——あらゆる手段で、人生の逆転を賭けて「勝ち組」を目指す、麻生陶子33歳！現代社会を生き抜く女たちの「戦い」と「狂気」を描くサスペンス。
204873-7

あ-61-2
骨肉
明野照葉
それぞれの生活を送る稲本三姉妹。そんな娘たちの目の前に、ある日、老父が隠し子を連れてきた！家族関係の異変をユーモラスに描いた傑作。〈解説〉西上心太
204912-3

あ-61-3
聖域 調査員・森山環
明野照葉
「産みたくない」と、突然言いだした妊婦。最近まで、生まれてくる子供との生活を楽しみにしていた彼女に、何があったのか……。文庫書き下ろし。
205004-4

あ-61-4
冷ややかな肌
明野照葉
外食産業での成功、完璧な夫。全てを手にしながらも、異様に存在感の希薄な女性取締役の秘密とは？女性の闇を描いてきた著者渾身の書き下ろしサスペンス。
205374-8

あ-61-5
廃墟のとき
明野照葉
不毛な人生に疲れた美砂は自殺を決意する。十ヶ月間で自分を華やかに飾り、人々の羨望を浴びながら死ぬのだ。偽りのショーは成功するかに見えたが……。〈解説〉瀧井朝世
205507-0

あ-61-6
禁断
明野照葉
殺された親友の元恋人は、正体不明の謎の女だった。死の真相を探る邦彦はいつしか女に惹かれていくが、身辺に不審な出来事が起き始める。渾身の長篇サスペンス。
205574-2

い-74-6
ルームメイト
今邑彩
失踪したルームメイトを追ううち、二重、三重生活を知る春海。彼女は、名前、化粧、嗜好までも変えて暮らしていた。呆然とする春海の前にルームメイトの死体が？
204679-5

か-74-1
ゆりかごで眠れ（上）
垣根涼介

南米コロンビアから来た男、リキ・コバヤシ――マフィアのボス。目的は日本警察に囚われた仲間の奪還と復讐。そして、少女の未来のため。待望の文庫化。

205130-0

か-74-2
ゆりかごで眠れ（下）
垣根涼介

安らぎを夢見つつも、憎しみと悲しみの中でもがき彷徨う男女。血と喧噪の旅路の果てに彼らを待つものは、一体何なのか？　人の心の在処を描く傑作巨篇。

205131-7

こ-40-1
触発
今野敏

朝八時、地下鉄霞ヶ関駅で爆弾テロが発生、死傷者三百名を超える大惨事となった。内閣危機管理対策室は、捜査本部に一人の男を送り込んだ。

203810-3

こ-40-2
アキハバラ
今野敏

秋葉原の街を舞台に、パソコンマニア、警視庁、マフィア、そして中近東のスパイまでが入り乱れる、ノンストップ・アクション&パニック小説の傑作！

204326-8

こ-40-3
パラレル
今野敏

首都圏内で非行少年が次々に殺された。いずれの犯行も瞬時に行われ、被害者は三人組で、外傷は全く見られない。一体誰が何のために？〈解説〉関口苑生

204686-3

こ-40-16
切り札　トランプ・フォース
今野敏

対テロ国際特殊部隊「トランプ・フォース」に加わった元商社マン、佐竹竜。なぜ、いかにして彼はその生き方を選んだか。男の覚悟を描く重量級バトル・アクション第一弾。

205351-9

こ-40-17
戦場　トランプ・フォース
今野敏

中央アメリカの軍事国家・マヌエリアで、日本商社の支社長が誘拐された。トランプ・フォースが救出に向かうが、密林の奥には思わぬ陰謀が⁉　シリーズ第二弾。

205361-8

こ-40-18
鬼龍
今野敏

古代から伝わる鬼道を駆使し、修行中の祓師・浩一は最強の亡者に挑む。「祓師・鬼龍光一」シリーズの原点となる傑作エンターテインメント。〈解説〉細谷正充

205476-9

各書目の下段の数字はISBNコードです。978－4－12が省略してあります。

こ-40-19 任侠学園 今野敏
「生徒はみな舎弟だ！」荒廃した私立高校を「任侠」で再建すべく、人情味あふれるヤクザたちが奔走する！『とせい』に続く人気シリーズ第2弾。
205584-1

と-25-1 雪虫 刑事・鳴沢了 堂場瞬一
俺は刑事に生まれたんだ――鳴沢了は、湯沢での殺人と五十年前の事件の関連を確信するが、父は彼を事件から遠ざける。新警察小説。〈解説〉関口苑生
204445-6

と-25-2 破弾 刑事・鳴沢了 堂場瞬一
鳴沢了が警視庁にやってきた。再び現場に戻った彼は何を見たのか？ 銃弾が削り取ったのは命だけではなかった。人の心の闇を描いた新警察小説。
204473-9

と-25-3 熱欲 刑事・鳴沢了 堂場瞬一
警視庁青山署の刑事として現場に戻った鳴沢了。詐欺がらみの連続傷害殺人事件に対峙する了の捜査は、NYの中国人マフィアへと繋がっていく。新警察小説。
204539-2

と-25-4 孤狼 刑事・鳴沢了 堂場瞬一
警官の一人が不審死、一人が行方不明となった。本庁の理事官に呼ばれた鳴沢は事件を追うが……縺れた糸は、警察の内部腐敗問題へと繋がっていくのだった!!
204608-5

と-25-5 帰郷 刑事・鳴沢了 堂場瞬一
葬儀の翌日訪ねてきた若者によってもたらされた、父唯一の未解決事件の再調査。遺された事件を追って雪の新潟を鳴沢、疾る！ 書き下ろし。〈解説〉直井明
204651-1

と-25-6 讐雨 刑事・鳴沢了 堂場瞬一
連続少女誘拐殺人事件を追う鳴沢了。容疑者の起訴を終え、安堵したのも束の間、犯人を釈放しろという要求、そして事件が起こり――！ 書き下ろし。
204699-3

と-25-7 標《しるべ》なき道 堂場瞬一
「勝ち方を知らない」ランナー・青山に男が提案したのは、ドーピング。新薬を巡り、三人の思惑が錯綜する――レースに全てを懸けた男たちの青春ミステリー。〈解説〉井家上隆幸
204764-8

と-25-8

血烙 刑事・鳴沢了

堂場瞬一

勇樹がバスジャックに！　駆けつけた鳴沢が見たのは射殺された犯人だけ。NY、アトランタ、マイアミ――勇樹奪還のため、鳴沢が爆走する！　書き下ろし。

204812-6

と-25-9

被匿 刑事・鳴沢了

堂場瞬一

鳴沢の配属直前に起きた代議士の死亡事件。事故と判断されたが、地検が連絡してきて……自殺か他殺か？　代議士の死を発端に浮かぶ旧家の恩讐に鳴沢が挑む！

204872-0

と-25-10

焔《ほのお》 The Flame

堂場瞬一

大リーグを目指す無冠の強打者と、背後で暗躍する代理人。ペナントレース最終盤の二週間を追う、緊迫の野球サスペンス。〈解説〉芝山幹郎

204911-6

と-25-11

疑装 刑事・鳴沢了

堂場瞬一

鳴沢が保護した少年が、突然病院から消えた。事件に巻き込まれた可能性を考え行方を追うが、もう一人の少年の死と繋がっていき――書き下ろし警察小説。

204970-3

と-25-12

久《く》遠《おん》（上） 刑事・鳴沢了

堂場瞬一

早朝、自宅を訪れた警視庁の刑事たちに、アリバイ確認を求められた鳴沢。自らに殺人容疑がかけられていたのだ。潔白を証明するため、ひとり立ち上がる。

205086-0

と-25-13

久遠（下） 刑事・鳴沢了

堂場瞬一

絶体絶命の窮地に立たされた鳴沢。孤立無援の中、自らの無実を証明するため、唯一の手がかりを追って奔走するが……大人気シリーズの最終巻、堂々刊行。

205087-7

と-25-14

神の領域 検事・城戸南

堂場瞬一

横浜地検の本部係検事・城戸南は、ある殺人事件の真相を追ううちに、陸上競技界全体を蔽う巨大な闇に直面する。あの「鳴沢了」も一目置いた検事の事件簿。

205057-0

と-25-15

蝕罪 警視庁失踪課・高城賢吾

堂場瞬一

警視庁に新設された失踪事案を専門に取り扱う部署・失踪課。実態はお荷物署員を集めた窓際部署だった。そこにアル中の刑事が配属される。〈解説〉香山二三郎

205116-4

各書目の下段の数字はISBNコードです。978－4－12が省略してあります。

と-25-16
相剋 警視庁失踪課・高城賢吾 堂場瞬一
「友人が消えた」と中学生から捜索願が出される。親族以外からの訴えは受理できない。その真剣な様子にただならぬものを感じた高城は、捜査に乗り出す。
205138-6

と-25-17
邂逅 警視庁失踪課・高城賢吾 堂場瞬一
大学職員の失踪事件が起きる。心臓に爆弾を抱えながら鬼気迫る働きを見せる法月。その身を案じつつも捜査を続ける高城たちだった。シリーズ第三弾。
205188-1

と-25-18
約束の河 堂場瞬一
法律事務所長・北見は、ドラッグ依存症の入院療養から戻ったその日、幼馴染みの作家が謎の死を遂げたことを知る。記憶が欠落した二ヵ月前に何が起きたのか。
205223-9

と-25-19
漂泊 警視庁失踪課・高城賢吾 堂場瞬一
ビル火災に巻き込まれ負傷した明神。鎮火後の現場からは身元不明の二遺体が出た。傷ついた仲間のため、高城は被害者の身元を洗う決意をする。第四弾。
205278-9

と-25-20
裂壊 警視庁失踪課・高城賢吾 堂場瞬一
課長査察直前に姿を消した阿比留室長。荒らされた部屋を残して消えた女子大生。時間がない中、二つの失踪事件を追う高城たちは事件の意外な接点を知る。
205325-0

と-25-21
長き雨の烙印 堂場瞬一
地方都市・汐灘の海岸で起きた幼女殺害未遂事件。ベテラン刑事の予断に満ちた捜査に疑いをもった後輩の伊達は、独自の調べを始める。〈解説〉香山二三郎
205392-2

と-25-22
波紋 警視庁失踪課・高城賢吾 堂場瞬一
異動した法月に託されたのは、五年前に事故現場から失踪した男の事件だった。調べ始めた直後、男の勤めていた会社で爆発物を用いた業務妨害が起こる。
205435-6

と-25-23
断絶 堂場瞬一
汐灘の海岸で発見された女性の変死体。県警は自殺と結論づけたが、刑事・石神は独自に捜査を継続、地元政界の権力闘争との接点が浮上する。〈解説〉池上冬樹
205505-6

と-25-24
遮断 警視庁失踪課・高城賢吾
堂場瞬一

六条舞の父親が失踪。事件性はないと思われたが、身代金要求により誘拐と判明、高城達は仲間の危機に立ち上がる。外国人技術者の案件も持ちこまれ……。

205543-8

と-25-25
七つの証言 刑事・鳴沢了外伝
堂場瞬一

日々起きる事件、そのとき鳴沢が取った行動とは？ 彼にかかわる七人の目を通して描く「刑事として生まれた男」の真実。人気シリーズ外伝、短篇で登場！

205597-1

と-26-9
SRO Ⅰ 警視庁広域捜査専任特別調査室
富樫倫太郎

七名の小所帯に、警視長以下キャリアが五名。管轄を越えた花形部署のはずが――。警察組織の盲点を衝く、連続殺人犯を追え！ 新時代警察小説の登場。

205393-9

と-26-10
SRO Ⅱ 死の天使
富樫倫太郎

死を願ったのち亡くなる患者たち、解雇された看護師、病院内でささやかれる『死の天使』の噂。SRO対連続殺人犯の行方は。待望のシリーズ第二弾！ 書き下ろし長篇。

205427-1

と-26-11
SRO Ⅲ キラークィーン
富樫倫太郎

SRO対〝最凶の連続殺人犯〟、因縁の対決再び!! 東京地検へ向かう道中、近藤房子を乗せた護送車は裏道へ誘導され――。大好評シリーズ第三弾、書き下ろし長篇。

205453-0

と-26-12
SRO Ⅳ 黒い羊
富樫倫太郎

SROに初めての協力要請が届く。自らの家族四人を殺害して医療少年院に収容され、六年後に退院した少年が行方不明になったというのだが――書き下ろし長篇。

205573-5

は-61-1
ブルー・ローズ（上）
馳星周

青い薔薇――それはありえない真実。優雅なセレブたちの秘密に踏み込んだ元刑事の徳永。身も心も苛む、背徳の官能の果てに見えたものとは？ 新たなる馳ノワール誕生！

205206-2

は-61-2
ブルー・ローズ（下）
馳星周

すべての代償は、死で贖え！ 秘密SMクラブ、公安警察との暗闘、葬り去られる殺人……。理不尽な現実に、警察組織に絶望した男の復讐が始まる。

205207-9

各書目の下段の数字はISBNコードです。978－4－12が省略してあります。

ひ-21-4
雨の匂い
樋口有介
癌で入院中の父親と寝たきりの祖父の面倒を一人でみる大学生・村尾柊一。ある雨の日、彼の前に謎めいた少女・李沙が現れ……。著者真骨頂の切ないミステリー。〈解説〉小池啓介
204924-6

ひ-21-5
ピース
樋口有介
連続バラバラ殺人事件に翻弄される警察。犯行現場に「平和」は戻るのか。いくつかの「断片」から浮かび上がる犯人。事件は「ピース」から始まった⁉
205120-1

ひ-21-7
苦い雨
樋口有介
零細業界誌の編集長・高梨は、かつて自分を追い出した会社のスキャンダルを握る女を探すよう依頼される。中年男の苦さと甘さを描くハードボイルドミステリー。
205495-0

ひ-21-8
楽園
樋口有介
国外から持ち込まれた大量のプラスチック爆弾、余命半年の大統領と後継者争い、反政府主義者の爆死――ささやかな平穏を貪る島国で、人々は何を手にしたのか。
205561-2

ほ-17-1
ジウⅠ 警視庁特殊犯捜査係
誉田哲也
都内で人質籠城事件が発生、警視庁の捜査一課特殊犯捜査係〈SIT〉も出動するが、それは巨大な事件の序章に過ぎなかった！ 警察小説に新たなる二人のヒロイン誕生‼
205082-2

ほ-17-2
ジウⅡ 警視庁特殊急襲部隊
誉田哲也
誘拐事件は解決したかに見えたが、依然として黒幕・ジウの正体は掴めない。捜査本部で事件を追う美咲。一方、特進をはたした基子の前には謎の男が！ シリーズ第二弾
205106-5

ほ-17-3
ジウⅢ 新世界秩序
誉田哲也
〈新世界秩序〉を唱えるミヤジと象徴の如く佇むジウ。彼らの狙いは何なのか？ ジウを追う美咲と東は、想像を絶する基子の姿を目撃し……⁉ シリーズ完結篇。
205118-8

ほ-17-4
国境事変
誉田哲也
在日朝鮮人殺人事件の捜査で対立する公安部と捜査一課の男たち。警察官の矜持と信念を胸に、銃声轟く国境の島・対馬へ向かう。〈解説〉香山二三郎
205326-7